KB065587

사라짐,
맺힘

책임 편집 이광호

문학평론과 에세이를 쓰며, 책 만드는 일을 한다. 에세이집으로 『사랑의 미래』와 『지나치게 산문적인 거리』『너는 우연한 고양이』가 있으며, 그 외 『시선의 문학사』『익명의 사랑』『이토록 사소한 정치성』등 다수의 비평집을 썼다.

문지 에크리
사라짐, 맺힘

펴낸날 2019년 7월 9일
지은이 김현
책임 편집 이광호
펴낸이 이광호
주간 이근혜
편집 조은혜 이민희 박선우 김필균
펴낸곳 ㈜문학과지성사
등록번호 제1993-000098호
주소 04034 서울 마포구 잔다리로7길 18(서교동 377-20)
전화 02) 338-7224
팩스 02) 323-4180(편집) 02) 338-7221(영업)
전자우편 moonji@moonji.com
홈페이지 www.moonji.com

사라짐,
맺힘

김현

문학과지성사

일러두기

1. 이 책에 수록된 글은 문학과지성사에서 1993년 출간된 『김현 예술 기행/반고비 나그네 길에』(김현 문학전집 13), 『우리 시대의 문학/두꺼운 삶과 얇은 삶』(김현 문학전집 14)에서 선정했다. 각 글의 마지막 부분에 정확한 발표 연도를 밝혀두었으나, 알 수 없는 경우 별도로 표기하지 않았다.

2. 이 책의 맞춤법과 외래어 표기, 문장부호는 현행 국립국어원 규정을 원칙으로 삼되, 띄어쓰기는 문학과지성사 자체 규정을 따랐다.

차례

2　　　　즐거운 고통

3 묘지 순례

4   사라짐과 맺힘

1 두꺼운 삶과 얇은 삶

불빛이 말하는 이유

내가 있었던 곳은 산 중턱이라 창문을 열면 영천靈泉——
말을 바꾸면 독립문 부근에서 멀리 남산 스튜디오까지
내 시야에 들어오는 것이어서 밤이면 독립문에서 서울역
으로 향하는 무수한 자동차의 불빛이 홍수를 이루고 있
었던 것이다. 게다가 여기저기 집 창 사이로 스며 나오는
타계他界의 불빛이 산 전체를 메우면 나는 거의 어쩔 수
없이 황홀해져서 끝없이 인간의 의식을 전달해주고 있는
불, 불을 향해 거의 신을 향하는 듯한 감격을 가지고 나
의 언어를 나누었던 것이다. 그러므로 나의 왕국에서 밤
에의 이 여행은 언제나 '종착역'을——피로에 지쳐 거의
미칠 지경이 되면 아담하게 우리 눈앞에 나타나 우리에
게 다시 왕국의 비밀을 이어나갈 힘을 부여해주는 환상
에의 귀로를 말하고 있었다. 내가 그 비밀의 왕국에서 그

리고 있었던 상형 문자──가령 인생에의 활약이라든가 사랑이라든가 영원히 잊어버릴 수 없는 여인의 초상화를 그리는 일이라든가 '만남'에의 향수라든가──는 그리하여 언제나 이 밤의 불빛 아래서 그 완전한 형체를 형성하고 그의 내밀한 설화를 숨김없이 내보냈던 것이다. 그러나 세월과 더불어 사람은 크는 법이고 또 이리저리 흘러 다니게 되는 법이어서 그 뒤 얼마 안 있어 그 아홉 번이나 골목을 돌아가야만 찾을 수 있었던 그 집을 떠나버렸는데도 나는 언제나 그 조그마한 문간방을 잊을 수가 없었던 것이다. 나는 거기에 나의 청춘이 기록할 수 있던 모든 것을 상형 문자로 기록해버렸고 모든 나의 환상과 나의 꿈을 거기서 소진시켜버렸던 것이다. 그 뒤부터 나는 여러 집을 옮겨 다니었지만 어쩐 일인지, 영 산 중턱으로 갈 기회가 없었고 그래서 산 중턱을 향하여 나의 불빛을 방사하며 응답만을 기다리게 되었던 것이다.

이제는 권태에 지쳤을 때 열 창문도 없고 거의 미칠 지경으로 마음이 답답해도 나는 쳐다볼 불이 없어져버린 것이 아닌가. 그러다가 저번에 문득 전주로 가는 밤차 한구석에서 나는 그 불빛을 다시 찾았던 것이다. 새장 안 암흑 속에서 나무며 풀이며 새며—그 모든 것의 절대적인 침묵 아래서 저 멀리 있는 인간의 의식인 이 초라하지 않은 불빛들은 나에게 한없이 친밀한 그의 내밀한 설화를 보내주었던 것이다. 어쩌면 그것은 기적이었다. 나는 그때 눈물 어린 눈자위로 큰 불빛을 쳐다보며 소리쳤었던 것이다—'안녕'이라고. 사실 이 엄청난 불빛의 대화 앞에서 내가 자신 있게 뱉어낼 수 있었던 유일한 단어는 해후를 알리는 '안녕' 이외에 아무것도 없을 것이 아닌가. 그래 나는 한없이 부르짖고 있었다—'안녕 안녕'이라고.

그것은 잃어버린 나의 청춘에 대한 순간적인 귀환이었고 나의 꿈에 대한 순간적인 재인식이었다. 그때 나는 프루스트의 그 유명한 구절— "진정한 생은 이 생에도, 그렇다고 이 생 이후에도 있는 것이 아니라 이 생 밖에hors de cette vie 있다"는 것을 뼈저리게 알았다. 프루스트의 '되찾아진 시간'은 나에게 있어서는 이 불빛을 통해 달성되었던 것이다. 그래서 그 뒤로 나는 외롭지가 않다고 생각하고 있는 것이다.

또 내가 생에 못 견디도록 싫증이 날 때 나는 또 어디로든지 가는 방황의 여행을 시도하리라. 거기에는 그러면 또 나에게 그의 내밀한 설화를 보내주는 불빛이 있으리라. 하여 나는 이 진저리 나는 생에서 순간적으로나마 '진정한 생'을 느끼고 있는 셈이다. 이것이 어느 날 저녁 밤의 냉랭한 공기 속에서 지고의 행복을 느낀 쥘리앵 그린의 행복이며 어머니의 물기 있는 손이 쥐여주던 따뜻한 빵의 촉감으로 행복할 수 있던 프루스트의 그것이 아니겠는가.

또다시 그 불빛이 나에게 말하는 날, 나는 그날 또 '안녕'이라고 말하리라. 그것만이 불빛 앞에 발성할 수 있는 나의 전부인 것이다.

(1962)

몸 이야기

삼십대 후반 몇 년 동안을 나는 매일 술을 마셨다. 내가
살고 있는 반포의 한 조그만 통닭구이집에서, 무엇엔가
들린 듯이 마시던 시절에는, 사람과 사람 들이 서로 맺는
관계 그리고 사람들이 쓰는 글 등이 내 관심의 대상이었
다. 나는 사람들을 이해하기 위해 술을 마셨고, 사람들
과 관계를 맺기 위해 술을 마셨으며, 사람들이 써내는 글
과 그것이 야기하는 효과를 알기 위해 술을 마셨다. 아니
다. 어쩌면 시대가 술을 마시게 했는지도 모르고, 젊음이
술을 마시게 했는지도 모른다. 왜 술만 마셨겠는가. 나는
열심히 술을 마시고 담배를 피웠다. 나는 술 마실 때 거의
안주를 집지 않는다. 안주를 먹으면 술맛이 없기 때문이
다. 안주를 안 먹는 대신, 술 마실 때는, 글을 쓸 때도 그
러하지만, 거의 줄담배를 태웠다. 술좌석에서의 담배란

담배가 아니라 안주에 가까웠다. 그렇게 담배를 피우고 술을 마시면, 다음 날 머리는 쪼개지고, 목은 찢어진다. 죽을 고생을 하고서 겨우 정신을 차리면 다시 술 먹을 시간이 다가온다. 그 즐거운 지옥에서 몇 년을 보내고 난 뒤에——랭보는 한 철을 지옥에서 보내고 나서도 시집을 한 권 만들었지만, 나 같은 둔재는 여러 철을 보내고 난 뒤에도 아무것도 못 만들었다——어느 날 정신을 차려보니, 이름이 전 세계에 알려진 것이 아니라, 기관지와 장과 간이 엉망이 되어 있었다. 나는 의사의 협박에 따라 담배를 끊었고 술을 줄였다. 기침과 가래와 설사가 줄고, 온몸을 뒤덮고 있던 미열도 없어졌다. 변화는 그것만이 아니다. 전에 보이지 않던 새로운 것이 눈에 보인다. 그것은 자연이다. 한국의 자연이 얼마나 아름다운가 하는 것은 외국을 여행해보면 알 수 있다. 유럽의 우울한 기후 속에서 몇 달을 갇혀 있어본 사람들은 한국의 기후를 절대로 잊지 못한다! 북불北佛의 스트라스부르에서 나는 몇 달 동안 해를 못 본 적이 있다. 사람들이 큰 소리를 지르며 거리로 뛰어나가는 걸 뒤따라가면 햇살이 거리를 환하게 밝히고 있었다.

햇살뿐만이 아니다. 유럽의 자연은 대개 인공적이다. 사람의 손길이 안 간 데가 없는 자연은 이미 자연이라기보다는 공원·정원에 가깝다. 그것은 자연이 아니라 풍경이다. 그러나 한국의 자연은 자연이다. 사람의 손이 그렇게 많이 가 있지 않다. 사람의 손이 많이 가 있지 않기 때문에, 그것은 부자연스럽지만, 그 부자연스러움이 역설적이게도 나에게는 더 자연스럽게 보인다. 잘 정리된 자연은 그것을 손질한 인간의 의도를 더욱 눈에 띄게 한다. 자연스러운 자연은 인간이 그 자연을 마음대로 해석하게 한다. 인간은 그 자연을 마음대로 채울 수 있다. 자기 마음대로 채우는 자연은 인위적 자연이 아니라 자연스러운 자연이다. 그 자연은 자기의 빈틈으로 인간을 이끈다. 이 자력이 갈수록 심해진다고 나는 느낀다. 그 느낌은 때로 나는 이런 자연과 같이 있는 게 행복하다는 마음속의 외침을 불러일으킨다. 내가 살아 있어 이런 자연을 마주하고 있다! 사소하다면 사소할 수 있는 그 행복감은 내 육체가 자연스럽지 않다는 것을 보여주는 증거이다. 내 육체는 이미 자연스러운 육체가 아니라 인위적으로 조절해야 하는 자연이다. 그것은 자연이되 제어된 자연이다. 그 자연이 자연스러운 자연 앞에서 때로 견딜 수 없는 충일감을 느낀다. 죽음이 그 충일감을 막을 수 있다는 것을 자각할 때부터, 육체는 그 충일감을 더욱 강조한다. 그 충일감을 생명력이라고 부를 수 있다면, 내 생명력은 매 순간 충일한 육체의 논리와 욕망을 따라가던 때에 비해 철저하게 약화되어 있다. 철저하게 약화되어 있기 때문에 그것은 더욱 바람직한 것으로 비치리라. 새싹이 트고, 새들이 노래한다. 하늘은 맑아 눈부시게 푸르르고 흙은 그 부드러운 몸을 드러낸다. 견딜 수 없다! 들판에 나가 나는 행복하다고 외쳐야 할까 보다.

(1984)

편안함

아파트의 을씨년스러운 회색 콘크리트 속에서 거의 10여 년을 살아온 탓인지, 요즈음엔 자연의 아름다움에 점점 더 섬세해진다. 사람이 없는 곳, 사람의 손이 가지 않는 곳에서는, 그것을 정확하게 이름 붙일 수는 없으나, 무엇인가 미묘한 것이 내 내부를 움직이게 한다. 사람들의 말―표정, 그 속에 담겨 있는 증오·사랑·연민 등등을 읽어내는 데 지칠 대로 지쳐, 대부분의 경우 술로 그 지친 의식을 재우다가, 혼자 혹은 마음 놓을 수 있는 친구와 사람들이 없는 산이나 들로 나가, 서로 아무 말도 나누지 않고 ― 친하다는 것은 아무 말을 나누지 않아도 불편하지 않다는 뜻이다 ― 서너 시간 돌아다니면, 사람들에 대한 지나친 감정은 어느 틈엔지 가라앉고, 산속의 한 이름 없는 나무가 되어, 혹은 들의 잡초가 되어, 자연의 거대한 움직임의 한 부분이 된다. 그래서 그곳이 살 만한 곳이며, 그곳에서 살면 행복해지겠다는, 그 이유를 알 수 없는 묘한 확신이 생겨난다. 그 확신은 그곳에 다시 와야겠다는 다짐의 결과가 아니라, 다시 오고 안 오고는 관계없이, 그곳이 좋은 곳이라는 확인의 결과이다. 살 만한 곳이라고 느낀 곳에서 나와, 어쩔 수 없이 — 삶이란 이 어쩔 수 없음의 연속이다 — 집으로 되돌아오거나, 사람들 사이에 다시 끼게 될 때, 그 확인은 어느덧 사라지고, 나는 다시 말로 설명될 수 있고, 있어야 하는 세계 속에 빠져 있다. 말로 설명될 수 있고, 있어야 하는 세계 속에는, 이곳이 살만한 곳이라는 느낌을 주는 곳이 없는 것일까? 그렇지는 않을 것이다. 어머니의 품처럼 포근하고 편안한 곳이, 사람 사는 데에도 있을 것이다. 나는 그 대표적인 곳이 예술의 세계라고 생각하고 있는데, 그 편안함은 그곳이 아름답고 살 만하다고 느낄 수 있게 해주는 데서 연유한다. 그것은 현실 세계에서의 도피를 뜻하지 않는다. 현실 생활의 일상성에 길든 정신에게는 그 편안함처럼 불편한 것이 없을 것이다. 진짜 도피는 편안한 것을 불편하게 느끼는 정신이다.

(1990)

아버님의 죽음에 대하여

아버님이 돌아가신 지도 벌써 한 달이 가까워간다. 나에게는 아직까지도 아버님의 죽음이 다시 꾸기 싫은 악몽처럼 느껴진다. 집에서 갑자기 받은 병원 전화, 중환자실에서의 운명, 시체실 곁에 설치했던 분향대, 이틀 밤의 밤샘, 견딜 수 없이 추웠던 산행, 산역을 하는 사람들의 구슬픈 노랫소리, 이런 것들이 내 의식 속에서 때로는 조리정연하게, 때로는 잘려 나간 영화 화면처럼 떠오른다. 그런데도 나는 아직 아버님이 살아 계신 것만 같다. 어느때, 가령 택시를 타고 가다가 아버님 비슷한 노인을 봤을 때, 혹은 아버님이 즐겨 부르시던 찬송가 한두 구절을 들을 때, 그리고 늦게야 소식을 들었다면서 친구들이 멀리 시골에서 전화를 걸어올 때, 가슴 저 밑바닥에서 날카로운 송곳에 찔린 듯 아픔이 온몸으로 번져나간다. 아, 이제 그분을 다시는 뵐 수 없겠구나! 그 감정을 슬픔이라는 말로 표현할 수는 없다. 그것은 슬픔 이상의 것이다. 자기 존재가 거기에 매달려 있었던 어떤 것이 완전히 없어져버렸을 때의 감정에 가깝다고나 할까!

내가 아버님 곁에서 생활한 것은 15~6년밖에 되지 않는다. 고등학교 때부터 나는 줄곧 아버님 곁에서 떠나 있었다. 나의 기억에 가장 깊숙이 박혀 있는 아버님은 두 개의 얼굴을 하고 있다. 하나는 잠들 무렵에 아담과 이브, 카인과 아벨, 에서와 야곱 등의 낯선 이름을 가진 사람들의 삶을 이야기하시거나, 드러누우셔서 내 배에 두 발을 대시고, 두 팔로 내 어깨를 잡으시고, 나를 공중으로 띄워주시던, 혹은 내 두 뺨에 양손을 대시고, 나를 잡아끌어 공중에 띄우시고는 서울 보이니? 하고 물어보시던 아버님이고, 또 하나는 축구공을 사달라고 조르다가 안 되어서 어머니 지갑에서 몰래 돈을 꺼내 가지고 나가 그것을 산 뒤에 결국 들켜서 지독하게 매를 얻어맞은 나의 뇌리에 깊이 박힌 무서운 아버님이다. 아버님은 쾌활함·자상함과 엄격함·엄정함을 같이 갖추신 분이었다. 아버님의 쾌활함은 본래의 낙천적인 성격에서 나오는 것이었고, 엄격함은 기독교에서 나오는 것이었으리라. 말하기를 즐기시고, 남과 어울려 즐겁게 노는 것을 좋아하신 것은 이 세상에서의 삶은 그것 자체로 즐겁고 행복해야 한다는 그분의 낙천주의 때문이었으나, 그분은 그 즐거움의 한계를 철저하게 지켰다. 아마도 오랜 기독교 생활에서 우러나왔을 그 절제가 나같이 자신을 잘 억제하지 못하고 자신의 감정에 자주 휩쓸리는 자에게는 실행하기 어려운, 그러나 존경할 수밖에 없는 아버님의 미덕으로 보인다.

아버님의 기독교는 광신자의 기독교가 아니었다. 아버님이 과연 천당이 있다고 믿고 돌아가셨는지 어쩐지 나는 확신할 수가 없다. 아버님의 기독교는, 아마도 그분의 처남인 정경옥鄭景玉 씨의 영향이었겠지만, 이 땅에 천국을 세워야 한다는 그런 기독교가 아니었나 한다. 가난한 농사꾼의 아들로 태어나, 공부를 하기 위해 일본으로 건너갔으나 결국은 공부를 하지 못하고 장사를 하지 않을 수 없었던 그분에게, 이 삶 밖에 있는 천당이라는 것이 과연 그렇게 큰 의미를 띨 수 있었을까? 그분은 고통스러운 이 땅이 바로 천국이라고 생각하신 분이라고 나는 지금도 믿고 있다.

몇 해 전부터 아버님께서 당신의 죽음을 준비하고 계셨음을 나는 그분이 남긴 유서에서 느낄 수 있었다. 장난 말처럼 내가 유서를 써놓았다라고 말씀하시던 그분은 실제로 갑작스럽게 돌아가셨지만 유서를 남기셨다. 그 유서의 골자는, 그분이 유일하게 남겨놓은 그분의 육성 설교를 기일에 반드시 한 번씩 들으라는 것과 형제간에 화목하라는 것이었다. 거기에 아버님은 덧붙이셨다. 내가 평생 바란 것이 하나님의 뜻대로, 그리고 형제간에 화목하게 사는 것이었으나 지금 생각해보니 그렇지 못한 것 같아 오히려 죄스럽다고! 아버님의 엄격성과 자상함을 나는 그 유서의 행간에서 다시 확인한다. 이 땅이 고통스러운 천국이라면, 그것은 반성하는 삶이 가능하기 때문이리라. 내가 형제간에 화목하지 않으면, 하나님의 뜻이라고 내가 생각한 대로 살지 않으면, 아버님께서 다시 회초리를 들어 나를 때리시고, 그분의 집에서 나를 내쫓으리라!

(1979)

두꺼운 삶과 얇은 삶

내가 지금 살고 있는 곳은 반포의 서른두 평짜리 아파트이다. 7~8년 전만 하더라도 나는 내가 반포 같은 곳에서 살게 되리라고는 꿈에도 생각하지 못했다. 내 기억 속에 지금도 지워지지 않고 남아 있는 반포는, 수원으로 놀러 갈 때에 버스 속에서 바라다본, 키 큰 포플러나무가 피난 살이하러 나와 있는 바싹 마른 아낙네들같이 모여 있는 소택지이다. 그 소택지를 메워 자연스러운 자연을 거의 완벽하게 없애버리고 백 동이 넘는 아파트를 세워놓은 곳에서, 나는 거의 4년째 살고 있다. 내가 반포 아파트에 오게 된 것은 정말 이상한 행운 때문이었다. 내가 맨 처음 내 문패를 단 집을 가졌던 곳은 연희동이다. 연희동 채소밭이, 거의 모든 서울 근교의 채소밭이 그러했듯이, 쓰레기로 뒤덮이고 하수도가 뚫리자, 맨 먼저——이 맨 먼저 때

문에 맨 먼저 결국 그곳을 떠나야 했지만——마흔 평 남짓
한 조그마한 땅을 사서 스무 평짜리 집을 짓고서 나는 내
평생 처음으로 거기에 내 문패를 붙였다. 길이 포장이 안
되어서 장마철에는 장화를 신어야 될 지경이었는데도,
앞뒤로 눈에 거슬리는 것이 없어서 꽤 편안하게 1년을 지
낸 셈인데, 1년이 지나자마자 내 집 주위에 이른바 미니
이층이라고 불리는 양옥집들이 들어서기 시작했고, 마지
막으로 내 집 창 옆의 공지에 새 집이 들어서자, 내 집은
앞집 · 뒷집 · 옆집 사이에 파묻혀, 가련한 난쟁이 집이 되
어버렸다. 작고 낮은 집에 사는 것만으로도 기분이 언짢
은데, 이제는 햇볕이 거의 들지 않아서 집 안은 늘 눅눅했
다. 다른 경제적인 이유도 있었지만 그 눅눅함을 벗어나
려고 나와 아내는 복덕방에 그 집을 내놓은 지 반년 만에
야 겨우 그것을 팔고, 스물두 평짜리 여의도 아파트에 전
세를 들었다. 그것이 나의 아파트 생활의 시작이었던 셈
이다.

　잠잘 때는 비록 공중에 떠서 자고 있는 듯한 느낌이
들었으나——우리는 6층에 세 들어 있었다——처음에 그

곳은 굉장히 편한 공간처럼 느껴졌다. 연희동에서처럼 겨울에 마루에 연탄난로를 피울 필요도 없어졌으며, 새벽에 일어나 연탄을 갈 필요도 없었다. 더운물이 아무 때나 나와서 나처럼 이발소 가기와 목욕탕 가기를 싫어하는 사람도 자주 목욕을 할 수 있게 되었고, 엘리베이터라는 문명의 이기를 날마다 이용할 수 있게 되었다. 아내도 간단한 물건들을 구입할 때는 일부러 시장에 나갈 필요가 없이 전화기만 들면 되었다. 문화적인 생활이 시작된 것이다. 그런데 나는 한 달이 지나지 않아 그 문화적인 생활에 점차로 싫증을 내게 되었다. 여의도 아파트엘 가본 사람이면 다 알겠지만, 그곳은 이른바 복도식 아파트이다. 중앙에 엘리베이터가 있고 층마다 같은 복도를 사용하게 되어 있다. 내가 세 든 아파트는 엘리베이터에서 내리면 왼편 끝에 있었다. 내 아파트에 들어가기 위해서는 서너 개의 현관을 지나치지 않으면 안 되었다. 겨울에는 그런대로 괜찮지만 여름에는 더우니까 자연히 현관문과 부엌 창문을 열어놓게 마련이어서 보기에 좀 거북한 것들도 보지 않을 수가 없었다. 특히 현관문을 열어놓으면 대개 응접실에 비치해둔 텔레비전 소리가 밖으로까지 들려나왔다. 그때는 텔레비전 방송국들이 지금보다는 훨씬 친절해서 아침에 그 전날의 인기 프로그램을 재방송해주고 있었는데, 그래서 나는 내 집 응접실에 있었던 텔레비전이 소리를 내지 않을 때에도 아침부터 그것을 듣지 않을 수 없게 되었다. 남의 텔레비전 소리를 듣게 되면서부터 나는 신문을 보지 않아도 그때의 인기 가수가 누구이고 인기 연속극이 무엇인지를 금세 알게 되었다. 같은 층에 있는 여러 세대 중의 반이 넘는 세대가 언제나 텔레비전을 켜고 있었는데, 그 프로그램이 거의 언제나 같았기 때문이었다. 다른 사람들이 재미있다고 생각하는 것을 듣거나 보지 못하면 사람은 신경이 날카로워지는 모양이었다. 아파트가 대중 조작에 가장 적합한 장소라는 것을 알게 된 것은 거기에서였다. 직업이 다르고, 나이가 다르고, 얼굴의 형태가 달라도 거주 공간이 같으면 성격이 비슷해지게 마련인 모양이었다. 나도 내 아내도 옆집 사람들과 같은 텔레비전 프로그램을 보고 듣고, 같은 밑반찬을 준비하고, 같은 식의 음식을 만들고, 그래서 결국 같은 생각을 하게 되었다.

　그곳에서의 전세 계약 기간이 끝나갈 무렵, 나는 이제 아파트에는 신물이 났으니 다시 단독 가옥으로 가보자고 내 아내를 꾀기 시작했으나, 아내는 땅집─이게 내 아내만의 독특한 표현은 아니라고 생각한다─에 갈 의사가 별로 없는 모양이었다. 연탄에는 이제 질렸다는 것은 연탄가스에 질렸다는 뜻만이 아니라, 연탄 갈기에 질렸으며, 찬물 데우기에 질렸으며, 손수 자질구레한 물건을 사러 밖으로 나가는 것에 질렸다는 뜻이었다. 거기에 가정부를 구하기가 힘들다는 것이 덧붙여졌다. 그때쯤 해서 나는 내 의사와 관계없이 내 꼬리를 붙잡혔다. 그렇게 말렸음에도 불구하고 내 아내가 나 몰래 신청한 스물두 평짜리 반포 아파트가 당첨이 된 것이었다. 알고 보니 내 주위의 상당수의 사람들이 신청을 했다가 떨어졌는데, 내가 아는 사람으로서는 내 아내만이 당첨이 되었다. 내가 견딜 수 없이 분노를 느꼈다면 그것은 거짓이고, 아무튼 내 속으로는 다시 내 집이 생겨서 다행이라고 생각했다. 그런 나를 보고 내 아내는 위선자라고 공격을 했다.

그것은 사실이었다. 나는 위선자였다. 나도 슬슬 아파트에 동화되어가고 있었던 것이다. 반포 아파트는 여의도 아파트와 다르게 계단식이어서, 그 획일성이 겉으로 드러나지는 않았으나, 얼마 뒤에 그곳은 적어도 나에게는 여의도와 마찬가지가 되었다. 아파트에 살면서 나는 아파트가 하나의 거주 공간이 아니라 사고 양식이라는 것을 깨달았다. 그것은 중산층의 사고 양식이었다. 아파트에 사는 사람들에게는, 술꾼들에게 술을 마시면 취하는 병이 있듯이, 여러 가지 병이 있다. 그중 가장 큰 병은 새로운 더 큰 아파트로 이사하고 싶어 하는 병이다. 사람들이란 혼자 있을 때는 제법 사람 같은 생각을 하다가도 여럿이 있을 때는 금세 달라진다. 남 앞에서는 가능하면 은밀하게—왜냐하면 아파트의 주민들은 문화인들이기 때문이다—자신을 돋보이게 하고 싶은 것이 사람의 속성이다. 그래서 가장 우선하는 것은 같은 동에, 또는 같은 층에 사는 사람이 자기보다 우월한지 우월하지 않은지를 탐색하는 것이다. 그런데 생각의 우월성을 판단하기는 극히 힘들고, 판단할 수 있다 하더라도 시간이 오래 걸리므로 대개 사람들은 외모로, 다시 말해 그가 갖고 있는 것으로 상대편을 쉽게 판단해버린다. 상대방이 갖고 있는 것이 자기가 갖고 있는 것보다 많으면 우선 자기보다 우월하다고 생각한다. 서른두 평짜리 아파트에 사는 사람은 스물두 평짜리 아파트에 사는 사람보다 열 평이 우월하고, 마흔두 평짜리에 사는 사람은 스물두 평짜리에 사는 사람보다 스무 평이 우월하다. 이렇게 글을 쓰고 있는 나 자신도 아파트 단지에 돌아가면 그렇게 생각하게 된다. 스물두 평에 처음 발을 디딜 때는 그렇게 적어 보이지 않던 공간이 서른두 평에 다녀온 뒤에는 그렇게 비좁을 수가 없었다. 그래서 스물두 평에 사는 사람은 서른두 평으로, 서른두 평에 사는 사람은 마흔두 평으로 옮겨 가려고 애를 쓰는 것이다. 그리고 1년에 두 번 그런 노력을 가능하게 해주는 때가 있다.

아파트 단지에서는 아파트값이 오르는 때와 순서가 있다. 아파트값이 가장 높이 치솟아 오르는 때는 봄과 가을이다. 그리고 그 값은 스물두 평에서부터 오른다. 스물두 평부터 오르기 시작한 아파트값이 마흔두 평, 예순두 평에까지 그것과 비례해서 오르기까지에는 짧게 잡아서 보름, 길게 잡아서 한 달쯤의 시간이 걸린다. 그 시기를 적절히 이용하면 더 넓은 집으로 옮기는 것이 그리 어려운 일은 아니다. 아파트값이 움직이는 시기에는 모든 아파트 주민이 소다를 잔뜩 넣은 밀가루 빵처럼 부풀어 오른다. 아파트 단지는 사람을 적당히 미치게 하는 데에 천재적인 능력을 발휘하는 것이다. 그 방법 말고도 아파트를 옮길 수 있는 다른 더 쉬운 방법이 있다. 적당한 시기에 그때의 시세에 따라 자기의 아파트를 팔면, 그 돈으로 자기의 옛날 아파트보다 넓은 새로 건축되는 아파트를 구할 수 있다. 그래서 새로 건축되는 아파트에는 언제나 사람들이 붐빈다. 그 아파트에 누구나 언제든지 쉽게 당첨되는 것은 아니다. 만일에 당첨이 되면 다행이지만, 그렇지 못한 때에는 집을 그냥 날려버리는 수도 있다. 그러나 사람들의 눈에는 실패한 사람은 보이지 않는 법이므로, 그리고 성공한 사람이 자기보다 뛰어난 사람처럼 보이는 경우는 더구나 드물기 때문에, 새 아파트 청약은 그야말로 자기의 운을 시험할 수 있는 가장 좋은 시험대이다. 더 새롭고 더 넓은 아파트로 가려는 아파트 주민들의 병은 아주 고치기 힘든 병이다. 나도 내 아내도 그 병에서 벗어나지 못했다. 이번에는 다행스럽게도 내가 다니고 있는 대학교가 관악산 기슭으로 이사를 오는 바람에, 그리고 그 대학교가 교수 사택을 마련할 수 없었기 때문에, 주택공사는 꽤 유리한 조건으로 그 학교의 교수들에게 서른두 평짜리 아파트를 몇 동 분양해주는 데에 동의를 했고, 나는 그 동의의 혜택을 입고 이사를 와서 지금까지 거기에 살고 있다.

아파트 병의 뿌리는, 내 빈약한 머리로 진단하기에는 남보다 더 잘 살고 싶은 데에 있고, 그것의 뿌리는 여러 의미의 경쟁심에 있고, 그 경쟁심의 결과는 자기가 가진 것으로 판가름 난다. 아파트 병이 가르쳐주는 가장 확실한 교훈은 나보다 백만 원을 더 갖고 있는 사람은 그 백만 원만큼 나보다 뛰어나다는 것이다. 아파트는 이제 거주 공간이 아니라, 자기의 뛰어남을 확인하는 전시 공간이 된다. 같은 평수의 아파트에 사는 사람들끼리는 자동차가 있고 없음이, 자동차를 갖고 있지 않은 사람들끼리는 캐비닛형의 냉장고가 있고 없음이…… 사람 판단의 잣대가 된다. 그래서 너도 나도 기를 쓰고 남들이 사들인 것을 가장 짧은 시간 안에 사려고 애를 쓰는 것이다. 그가 가진 것으로 사람을 판단하고, 자기가 가진 것으로 자기가 판단되는 사회! 한 소설가가 전해주는 것을 그대로 믿자면—나 자신은 겪은 적이 없으나, 활자화된 소설에 나오는 것이니 아마 사실이리라. 요즈음은 현실이 소설보다 훨씬 허구적이니까 말이다—마흔두 평에 사는 사람에게는 고기 반 근을 시켜도 배달을 해주는데, 스물두 평에 사는 사람에게는 고기 한 근을 시켜도 배달을 안 해준다. 스무 평이라는 아파트의 크기의 차이가 그렇게 작은 일에까지 섬세하게 작용을 하고 있는 것이다. 사람을 있는 그대로의 모습으로 판단하지 않고 그가 가진 것을 통해 판단하려는 경향이 아파트만의 특유한 현상은 아니겠으나, 아파트에서 그것은 그 어느 곳에서보다도 더 첨예하게 나타난다. 왜 그럴까? 그것에 대해 오래 생각하다가 나는 그것이, 아파트에서는 그 아파트의 주인이 가진 것이 한눈에 들어오기 때문이 아닐까 하고 생각하게 되었다.

아파트는 그 내부의 면적이 어떠하거나 같은 높이의 단일한 평면을 나누어 사용하게 되어 있다. 보통 집, 아니 다시 내 아내의 표현을 빌리면 땅집은 아무리 그 면적이 적더라도 단일한 평면을 분할하게 되어 있지 않다. 다락방이나 지하실은 거실이나 안방과 같은 높이의 평면 위에 있지 않다. 그것들은 거실이나 안방보다 높거나 낮다. 그런데 아파트는 모든 방의 높이가 같다. 다만 분할된 곳의 크기가 다를 뿐이다. 그렇기 때문에 아파트에서의 삶은 입체감을 갖고 있지 않다. 아파트에서는 부엌이나 안방이나 화장실이나 거실이 다 같은 높이의 평면 위에 있다. 그것보다 밑에 또는 위에 있는 것은 다른 사람의 아파트이다. 좀 심한 표현을 쓴다면 아파트에서는 모든 것이 평면적이다. 깊이가 없는 것이다. 사물은 아파트에서 그 부피를 잃고 평면 위에 선으로 존재하는 그림과 같이 되어버린다. 모든 것은 한 평면 위에 나열되어 있다. 그래서 한눈에 들어오게 되어 있다. 아파트에는 사람이나 물건이나 다 같이 자신을 숨길 데가 없다. 모든 것이 열려 있다. 그러나 그 열림은 깊이 있는 열림이 아니라 표피적인 열림이다. 한눈에 드러난다는 것, 또는 한눈에 드러난 것으로 여겨지는 것은, 깊이를 가진 인간에게는 상당한 형벌이다. 요즈음에 읽은 한 소설가의 소설 속에는, 아파트 단지에서 몸을 숨길 곳을 찾지 못한 아이들이 옥상 위의 물탱크 속에 들어가 숨음으로써 자신들을 죽음으로 이끌고 간 끔찍한 사건이 기술되어 있었다. 물탱크는 밖에서는 열 수 있으나 안에서는 열 수가 없게 되어 있었던 것이다. 같은 평면 위에서 대번에 그 정체를 드러내는 사물과 인간은 두께나 깊이를 가질 수 없다. 두께나 깊이는 차원이 다른 것이 겹쳐서 생기기 때문이다.

땅집에서는 사정이 전혀 딴판이다. 땅집에서는 모든 것이 자기 나름의 두께와 깊이를 가지고 있다. 같은 물건이라도 그것이 다락방에 있을 때와 안방에 있을 때와 부엌에 있을 때는 거의 다르다. 아니 집 자체가 인간과 마찬가지의 두께와 깊이를 갖고 있다. 내가 좋아한 한 철학자는 집이 아름다운 것은 그것이 인간을 닮았기 때문이라고 말했다. 다락방은 의식이며, 지하실은 무의식이다. 땅집의 지하실이나 다락방은 우리를 얼마나 즐겁게 해주는 것인지. 그곳은 자연과는 또 다른 매력을 갖고 있다. 다락방과 지하실에서는 하찮은 것들이라도 굉장한 신비를 간직한 것으로 나타난다. 그것들은 쓸모가 없는, 또는 쓰임새가 줄어든 것들이어서, 쓰임새 있는 것에만 둘러싸여 살던 우리를 쓰임새의 세계에서 안 쓰임새의 세계로 인도해간다. 화가 나서, 주위의 사람들이 미워서, 어렸을 때에 다락방이나 지하실에 혼자 들어가, 낯설지만 흥미로운 것들을 한두 시간 매만지면서 나 혼자만의 세계에 잠겨 있었을 때에 정말로 내가 얼마나 행복했던고! 화는 어느새 풀리고, 주위 사람들에 대한 증오도 사라져, 이윽고 밖으로 나와 때로는 이미 전기가 들어와 바깥은 컴컴하나 안은 눈처럼 밝은 것을 볼 때에, 때로는 황혼이 느리게 내려 모든 것이 있음과 없음의 그 미묘한 중간에 있는 것을 보고 느낄 때에 세계는 언제나 팔을 활짝 열고 나를 자기 속으로 깊숙이 이끌어 들이는 것이었다. 그래서 다자란 뒤에도 다락방이나 지하실을 쓸데없는 것들이 잔뜩 들어 있는 쓰레기 창고로서가 아니라 내가 끝내 간직해야 될 신비를 담고 있는 신비로운 사물함으로 자꾸만 인식하게 된다. 나도 내가 사랑한, 그리고 지금도 사랑하고 있는 그 철학자처럼 다락방과 지하실 때문에 땅집을 사랑하는 것인지 모른다. 그 지하실과 다락방 말고도 내가 좋아하는 것은 한식집의 부엌이다. 내가 태어난 시골의 내 외갓집 부엌은, 그 집이 제법 부유했기 때문에 꽤 넓었다. 그 부엌에는 언제나 내가 좋아하는 아낙네들이 가득 차 있었고 그 부엌을 건너 질러가면, 외할아버지가 친손자들에게만 주려고 외손자들에겐 접근을 막은 단감나무, 대추나무 들이 있었다. 사람이 없을 때에 그 부엌에 들어가 보면, 부엌 바닥은 한없이 깊고 컴컴했고, 누룽지를 넣어둔 찬장은 한없이 높고 높았다. 그 부엌을 나는 한 한 달 전에 두 사람의 시인과 함께 놀러 간 어떤 절에서 다시 보았다. 그때의 그 즐거움!

땅집이 아름다운 것은 그것이 많은 것을 숨기고 있기 때문이다. 어린 왕자에 대한 아름다운 산문을 남긴 생텍쥐페리는 사막이 아름다운 것은 어디엔가 우물이 있기 때문이라고 말한 적이 있다. 과연 그렇다. 땅집이 아름다운 것은 곳곳에 우물과 같은 비밀스러운 것들이 있기 때문이다. 아파트에는 그 비밀이 있을 수가 없다. 5분 안에 찾아낼 수 없는 것은 아파트에 없다. 거기에는 모든 것이 노출되어 있다. 스물두 평 또는 서른두 평의 평면 위에 무엇을 숨길 수가 있을 것인가. 쓰임새 있는 것만이 아파트에서는 존중을 받는다. 아파트에 쓰임새 없는 것으로서 존재하는 것은 값비싼 골동품뿐이다. 그 골동품들 또한 아파트에서는 얼마나 엷게 보이는지. 그것은 얼마짜리로서 존재하는 것이지 그것의 두께로 존재하지 않는다. 두께 없는 사물과 인간. 아파트에서 우리는 모든 것을 그대로 드러내고 산다. 그러나 감출 것이 없을 때에 드러낸다는 것이 무슨 의미를 가질 수 있을까? 드러낼 수 있다는 것은 감출 수도 있다는 말에 다름 아니다. 사람은 자기가 드러내는 것보다 훨씬 많은 것을 숨겨야 살 수 있다. 그 숨김이 불가능해질 때에 사람은 사회가 요구하는 것만을 살 수밖에 없게 된다. 무의식은 숨김이라는 생생한 역동성을 잊고 표면과 동일시되어 메말라버린다. 표면의 인공적인 삶만이 가장 중요한 것으로 여겨지게 되는 것이다. 그 가장 첨예한 상징적인 사실이 아파트에서는 채소를 손수 가꿔 먹을 수 없는 것이다. 아파트에서는 자연과의 직접 교섭이 거의 완전히 단절된다. 아파트에 자연이 있다면 그것은 인위적인 자연이다. 아파트 안에서 키워지는 꽃이나 나무들은 자연의 그것이 아니라, 깊이 없는 사물들에 다름 아니다. 자연의 상실은 아파트에서의 삶을 더욱 엷게 만든다. 그 삶을 약간이나마 두껍게 해주는 것이 음악일 것이라고 생각되지만 — 또는 나 같은 사람에겐 시나 소설이다 — 그것들만으로 충분하지는 않다. 그런데도 나는 아파트에서 살 수밖에 없다. 나의 적은 월급으로는 가정부를 두어야 버텨낼 수 있는 땅집에서 견뎌내기가 힘들기 때문이다. 나는 아파트에서 살면서 내 아이들에게 가장 부끄러움을 느낀다. 그 아이들은 비록 아파트에서 태어나지는 않았으나, 삶에서 가장 중요하다고 하는 어린 시절을 아파트 단지 안에서 보냈다. 그리고 아직도 보내고 있다. 그들이 보고 느끼는 것은 아파트의 회색 시멘트와 잔가지가 잘 정돈된 가로수들뿐이다. 그들에겐 자연이 없다.

　내가 태어나서 자란 곳은 남도의 조그마한 섬이다. 그

곳은 예술가들이 많이 태어나서 이제는 꽤 이름이 알려진 곳이다. 아무튼 그 조그마한 섬에서, 나는 산에 올라가 산나무 열매를 따 먹거나, 떼 지어 몰려다니며 밭에서 자라는 온갖 것들을 몰래 맛보거나 ── 목화꽃을 따 먹을 때에, 무나 감자를 몰래 캐 먹을 때에, 옥수수를 불에 구워 먹을 때에 우리는 얼마나 즐거웠던가. 어른들에게 들킬지도 모른다는 무서움까지도 우리에게는 즐거움이었다 ── 선창에 나가 서너 시간씩 바다를 바라보고 앉아 있으면서 어린 시절을 보냈다. 지금도 내 어린 시절을 회상할 때면, 옻나무나 발목까지 빠지던 펄의 감촉이 맨 처음 되살아 나오고, 가도 가도 끝이 없던 여름날의 황톳길의 더위와 모깃불의 매캐한 냄새가 나를 가득 채운다. 나는 내 아이들에게 그 자연을 살게 할 수가 없는 것이다. 그 대신에 내가 소풍날에야 한두 개 얻어먹었던 삶은 달걀이나, 내가 고등학교 때에야 맛본 짜장면 따위를 시켜주며, 그들의 관심을 「원더 우먼」이나 「육백만 불의 사나이」로 돌려놓고 있다. 나의 바다와 산은 「원더 우먼」이나 「육백만 불의 사나이」의 달리기와 높이 뛰어오르기 또는 높은 데서 뛰어내리기로 바뀌어져 있다. 좋은 자연을 보고 숨 쉬는 대신에 이제는 하도 먹어 맛도 없는 달걀이나 짜장면을 먹고 자라는 내 불쌍한 아이들! 계속 자라면서 그들이 배우는 것은 선생님께 잘 보이기, 과외 공부하기, 회색 시멘트에 길들기, OX식의 문제 알아맞히기, 그리고 재치있게 말하기 따위이다. 한마디로 감춰지지 않는 것 배우기이다. 아니 이렇게 쓰는 것만으로 충분하지는 않다. 나도 내 아이들처럼 아파트의 삶에 완전히 길들여져 있다. 그래서 내 주위의 모든 것을 엷게 본다. 거기에서 벗어나기란 얼마나 힘이 드는가. 그것은 거기에서 벗어나야 된다는 당위만으로 벗어날 수 있는 게 아니다. 아파트에서 벗어나야, 아니 땅집으로 가야 사물과 인간의 두께를 발견할 수 있다는 생각 자체가, 이미 내가 아파트에서의 삶에 깊이 물들어 있음을 보여준다.

아니 그러면 다락방이나 지하실이나 부엌이 없는 곳에서 산 사람에겐 깊이가 없단 말인가? 바다와 산만을 보고 자라나야 삶의 깊이를 깨달을 수 있단 말인가? 또 아이들은 언제나 신비덩어리가 아닌가? 아이들에게는 조약돌 하나로도 우주보다도 넓은 세계를 꿈꿀 수 있는 능력이 있는 것이 아닌가? 내 아이들을 불쌍하게 여기는 것은 나의 잘난 체하는 태도의 소산이 아닌가? 이 모든 것을 깊이 있게 생각해야 아파트에서의 나의 삶에 대한 충분한 비판이 이루어질 수 있을 것인데, 그 비판을 하는 것이 나에게는 너무나 어렵다. 그 생각에 깊이 잠기면 잠길수록 나는 어느 틈엔가 남도의 한 조그마한 섬의 밭에, 산에, 바다에 내려가 있기 때문이다. 그래야 한 젊은 시인의 표현을 빌리면, 물소리가 물소리로 들리는 것이다. 그 말을 뒤집으면 내가 두껍지 않을 때에 나는 엷게 판단한다는 것이 될지 모르겠다. 아파트에 살면서 아파트를 비난하는 체하는 자기모순. 나에게 칼이 있다면 그것으로 너를 치리라. 바로 나를!

(1978)

'라면' 문화 생각

사람은 마음이 가난해지면 음식 타령을 하게 마련이다. 살기 위해서 먹는 것이 아니라 먹기 위해서 산다는, 기분 언짢은, 그러나 좀체로 머리를 떠나지 않는 생각에 사로잡히게 되면, 그래서 그것 말고 다른 생각은 도대체 생겨나지 않게 되면, 자신의 하찮음에 대한 짜증을 견디기가 힘들게 된다. 그 짜증을 달래기 위해서, 내 가난한 마음이 시키는 대로, 음식 타령을 한번 해보기로 한다. 음식 타령이라고 해야, 내가 아는 음식 이야기를 볼썽사납게 전부 다 털어놓겠다는 것이 아니다. 내 가난한 마음과 우리 사회의 그것의 한 표상처럼 나에게 생각되는 '라면' 이야기를 해보겠다는 것이다.

'라면'은 내가 좋아하는 음식이다. 밥맛이 없을 때, 또는 지난밤에 지나치게 술을 마셔 속이 쓰릴 때, 또는 입이 심심할 때, 나는 '라면'을 끓여 먹는다. 파를 조금 썰어 넣고, 때로는 달걀을 깨 넣거나 하여 먹는다. 내가 '라면'에 맛을 들인 것은, 대학 연구실에서 조교 노릇을 할 때이다. 오랜 하숙 생활에 진력이 나 거의 연구실에서 먹고 자고 할 때였는데, 겨울날 연구실에 피워놓은 연탄 난로에 '라면'을 끓여 먹는 맛은 가장 그럴듯했다고는 할 수 없겠지만 그럭저럭 괜찮았다. 그때에 내가 느낀 '라면'의 가장 큰 덕목은 간편함이었다. 냄비 하나와 물만 있으면 끼니를 때울 수가 있었다. '라면'이 나온 지가 얼마 되지 않았기 때문에 '라면'을 만드는 기름이 좋지 않았든지, 아니면 설거지를 꼼꼼하게 하지 않아서였든지, 서너 달쯤 '라면'을 끓여 먹으면 냄비 밑바닥에서 비누 냄새가 났다. 그래도 나는 '라면'의 맛을 탓하지 않았다. 물 끓는 소리와 ── 물 끓는 소리가 귀에 얼마나 큰 즐거움을 주는지는 아는 사람만이 안다 ── '라면'이 알맞게 익었을 때에 퍼지는 구수한 냄새, 그런 것들이 '라면'의 맛을 이루는 것이겠지만, 그때에는 물을 적게 하여 거의 떡처럼 만들어 그것을 술안주로 먹기까지 하였다.

'라면'은 우리의 식생활에 중요한 활력소 역할을 한 음식이다. 그것은 밖에서 볼 때에 두 가지의 특징을 갖고 있다.

그것은 첫째로 우리말에서는 드문, ㄹ 자로 시작되는 말이다. 그것은 다시 말해 외국에서 온 말처럼 느껴지는 말이다. '라면'은 라디오나 리트머스 시험지 따위와 같이 순수하게 우리말에서 나온 말이 아닌 것처럼 느껴진다. 나는 그 말이 어디서 나온 말인지 확실히 모른다. 혹시 벗을 '라', 국수 '면'이라는 한자 합성어가 아닐까 생각하는 것이지만, '라면'은 벌거벗은 국수(막국수)라는 뜻보다는 이해할 수는 없으나 익숙해진 어떤 물건으로만 내 의식 속에서 울린다. 그것은 국수나 냉면과는 다른 어떤 것이다. 그것은 외국의 기술 문명의 냄새를 풍기는 그 어떤 것이다.

둘째로, '라면'은 바로 그 기술 문명의 냄새와 관련되어 있다. 그것은 대량으로 생산되어 낮은 가격으로 판매되는 규격품이다. 그 규격품은 낮은 가격 때문에 최소 한

도의 식생활을 보장해주고 있지만, 그 대신에 미각을 통일시키고 먹는 즐거움을 없애버린다. 규격화된 조미료가 맛을 균일화시키듯이 '라면'도 또한 맛을 통일시킨다. 그 맛은 다른 인스턴트 식품들이 다 그러하듯이 인위적으로 평준화시킨 맛이다.

내가 읽은 『생활의 발견』을 쓴 임어당은 음식의 철학에서 중요한 것은 신선함과 풍미와 미감이라고 말했다. 그 가운데에서도 가장 중요한 것은 신선함이다. 신선함은 재료에서 나온다. 자연에 가까워질수록 재료는 신선해진다. 같은 야채라도 밭에서 바로 가져온 것이 훨씬 더 맛있으며, 같은 쌀이라도 새로 나온 것이 훨씬 더 맛있다. 밭에서 가져온 것이라도 인공적인 것이 적으면 적을수록 좋다고 할 수 있다. 비닐하우스에서 키운 상추와 그냥 밭에서 키운 것 사이에는 꽤 큰 차이가 있다. 다시 말해 신선함은 자연에서 나온다. 인스턴트 식품은 음식에서 그 자연을 치워버린다. 그래서 신선함과 풍미와 미각을 없애버리는 것이다. 그것은 그 결과로 복잡하고 섬세한 것을 싫어하고 단순하고 명료한 것을 즐기는 성향을 낳는다. 기계 문명의 발달과 도시로의 인구 집중이 그러한 성향을 낳게 한 물리적인 요인이겠지만, 그것은 자연을 풍경이나 정원으로 만들어버리고 사람마저 마침내는 두께 없는, 단순 명료한 물건으로 만들어버린다. '라면'은 아파트, 평준화된 학교, 기성복 따위와 마찬가지로 단순 명료한 것을 즐기는, 아니, 즐기게 되어 있는 현대 사회의 한 상징이다. 그것이 무서운 것은 그것이 평준화된, 획일적인 사고를 만들어낸다는 데에 있다. 획일화된 정보는 획일화된 반응만을 낳는다. 평준화된 학교에서 평준화된 교육을 받고 규격품인 인스턴트 음식을 먹으며 기성복을 입고 똑같은 기사만을 내보내는 신문이나 잡지—라디오—텔레비전을 보는, 그러면서도 자기가 자유롭고 평등하다고 믿는 사람들의 사회!

'라면'만이 그런 것은 아니지만, 그것은 무엇보다도 뚜렷하게, 우리는 단순하게 살게 되어 있다는 것과 그 가르침이 우리의 밖에서 온 것이라는 것을 보여주고 있다. '나면'이 아닌 '라면'은 외국에서 온 것이 더욱더 좋다는 무의식적인 성향에서 나온 것이기도 하다. 그것은 우리가 이중으로 자기됨을 잃어버리고 있다는 사실을 문화적으로 입증하고 있다. '라면'이라는 이상한 말로써는 외래적인 문화가 우리 문화에 억압적으로 작용하고 있다는 것을, 그리고 규격 생산품으로써는 생각하는 사람의 자유를 그것이 기만하고 있다는 것을 보여주고 있는 것이다.

사람의 사람됨은 그 문화적인 두께에서 나온다. 그 두께는 사람이 오랜 시간 동안에 같은 처소에서 살면서 겪은 체험의 두께이다. 나무를 자르면 나이테가 보이고 돼지의 살을 자르면 그 겹이 보이듯이 사람의 두께도 또한 조심스럽게 자르면 그 결이 보인다. 나는 우리나라 사람들의 문화적인 두께에는 대체로 네 가지의 결이 있다고 생각하고 있다. 그 문화적인 두께의 맨 아래층에는 가장 오래된 무속적인 결이라고 부를 수 있는 결이 있다. 그것은 옛사람들이 농경 생활을 하면서 얻은 체험의 총체이다. 자연의 움직임에 민감하고, 그 자연에 한껏 가까이 감으로써 삶의 움직임에 균형을 주려는 삶의 태도가 바로 무속적인 삶이라고 할 수 있다. 그 자연은 달의 이지러짐과 다시 살아남에 의해 이해되는 자연이다. 그 자연 속에서 사람은 자연의 한 구성 요소가 된다. 우리나라 전설의 대부분에는 그 자연 속에서 자연스럽게 노니는 사람들이 나온다. 자연은 동식물, 하늘의 별이나 구름, 사람에 다 같이 작용한다. 자연의 움직임에 비추어보면 사람의 운명까지 판단할 수가 있다. 그 무속적인 태도 위에 노자와 장자로 대표되는 무위, 소요의 삶의 태도나, 불교의 인과율적인 태도가 놓여 있다. 그 태도의 바탕에는 사람의 삶이란 무상한 것이며 그 무상함은 죽음으로도 끝나지 않는다는 생각이 숨어 있다. 그 위에 놓여 있는 것이 사람의 사람됨을 예절에서 찾는 유교적인 태도이다. 그 세 결의 복합적인 움직임이 19세기까지의 우리나라 사람의 문화적인 두께를 이루고 있었다고 할 수 있다. 그 문화적인 두께를 압도적으로 억누르면서 새로운 문화적인 사실이 된 것이 합리적인 것만이 현실적인 것이라는 유럽적인 합리주의이다. 그 합리주의는 제국주의 일본 시절을 거치면서 가장 세력 있는 문화적인 사실이 되었다. 그 합리주의의 물질적인 측면이 바로 기술 문명인데, 일본이 그 문명을 빨리 받아들였기 때문에 우리나라를 식민지로 만들 수 있었으니 우리도 그것을 빨리 배워야 하겠다는 것이 합리주의를 의심의 여지가 없는 문화적인 사실로 받아들인 한국 사람의 마음가짐이었다. 그러나 문화적인 두께는 그리 쉽게 파괴되지 않는다. 아니, 그것은 파괴될 수 없다. 파괴된 듯이 생각되는 것은 집단 무의식 속에 더욱 더 깊숙이 숨어버린다. 그래서 표면적인 합리주의로 이해할 수 없는 일들에 부딪힐 때에 슬그머니 의식의 표면으로 떠오른다. 합리주의적인 교육을 받은 사람들이 이를테면 아랫사람이 자기를 공경하지 아니할 때에, 집안에 걱정거리가 생겨날 때에, 또는 자기의 앞날에 불안감을 느낄 때에 취하는 태도는 그 문화적인 두께가 얼마나 두터운지를 뒤집어 보여준다. 점을 치고, 불공을 드리고, 예의를 강조하는 것은 무의식 속에 깊숙이 가라앉아 있는 다른 결의 문화적인 사실의 존재 때문이다. 우리의 삶은 그러한 여러 결의 문화적인 두께를 가진 삶이다. 어느 것은 완전히 부인할 수도 있고 비난할 수도 있다. 그것은 자유이지만, 그 두께에서 벗어날 수는 없다. 그 두께는 한국 사람의 사람됨의 근거 자체이기 때문이다. 합리주의만으로 무장된, 또는 무속적인 태도만으로 무장된, 또는 유교적인 태도만으로 무장된 사람에게서 우리가 느끼는 거북함은 거기에서 나온다.

나는 지금 사회를 압도하는, 문화적인 사회처럼 보이는 합리주의의 좋은 점들, 보기를 들면 성실한 자기 확인·성찰·반성·절제·금욕 따위를 부인하지는 않는다. 내가 다만 안타까워하는 것은 합리주의가 즐거움의 영역을 점차로 잠식하여 그것을 줄여가고 있다는 사실이다. 비능률적이며 낭비같이 보이는 것들 속에 사람의 삶을 풍요하게 하는 요소가 있다는 것을 무교적인 태도나 노장적인 또는 불교적인 태도, 그리고 유교적인 태도에서도 우리는 느낄 수가 있다. 즐거움에는 인위적인 것에서 벗어나게 하여 자연적인 것을 느끼게 하는 무엇인가가 있다. 우리의 삶에 두께가 없게 느껴지는 것은 합리주의와 그것의 물질적인 측면인 기술 문명이 인간은 두꺼운 존재라는 것을 잊고 즐거움을 사람의 삶에서 자꾸 떼어내기 때문이다. 걸어 다니는 즐거움은 도시의 크기에 압도

되어 거의 사라졌으며, 빈둥거리며 게으르게 세계를 바라보는 즐거움은 인위적인 삶의 리듬에 밀려 없어져가고 있다. 게으름은 이제 악덕이 되어가고 있다. 또 사소한 것에서 즐거움을 느끼는 것은 감정의 낭비로 여겨지고 있다. 즐거움이 있다면 그것은 이제 과시적인 소비의 형태로만 존재한다. 비싼 집에서 남에게 돋보이기 위해서만 물건을 소비하는 사람들의 즐거움! 그 즐거움은 그러나 엄격한 의미에서 즐거움이라 할 수 없다. 거기에는 지나침이라는 보기 흉한 요소가 들어 있다. 즐거움에는 사람의 마음에서 우러나오는 진성이 있어야 한다. 그 진성은 자기 마음의 여러 결의 소리에 한껏 귀를 크게 열고 기울이려는 마음의 움직임이며, 합리주의자들은 즐겨 피해가려 하는 것이다. 옛날에도 그러한 즐거움이 없었을까? 나는 있었으리라고 생각한다. 그러한 즐거움이 없이 어떻게 세상을 살아갈 수 있었을까. 돌아가신 양주동 선생이 즐겨 읽은 김성탄의 『서상기』에 대한 비평 속에 끼워 넣은, 유쾌한 때를 그린 단상 서른세 개를 읽을 때면 그런 생각이 더욱더 깊어진다.

여름날 오후, 새빨간 큰 소반에다 새파란 수박을 올려놓고 잘 드는 칼로 자른다. 아, 이 또한 유쾌한 일이 아니냐.

그에게 즐거운 것은 수박을 먹는 것만이 아니라 아마도 빨강, 초록, 날카로운 칼이 빚어내는 선적인 분위기일 것이다. 그 분위기는 나처럼 아파트에 사는 사람까지도 즐길 수 있는 것이다.

근 십 년 동안이나 만나지 못했던 친구가 돌연 저녁에 찾아온다. 문을 열고 그를 맞이하여, 배로 왔는지 육로로 왔는지도 묻지 않고, 또 침대나 걸상에 앉아 쉬란 말도 하지 않고는 곧장 내실로 들어가서 미안한 태도로 아내에게 이렇게 말을 건넨다. "소동파의 부인처럼 술이나 좀 사다 주지 않겠소?" 그러면 아내는 싫은 얼굴이라곤 조금도 보이지 않으며 재빨리 금비녀를 빼서 "이걸 팔까요?" 한다. 그거라면 사흘 동

안은 실컷 마실 것 같다. 아, 이 또한 유쾌한 일이 아
니냐.

이 단상에 적힌 것과 같은 여유 있는 즐거움은 아내나
출근부 때문에 쉽게 누릴 수 있는 것이 아니다. 아파트에
서 '라면'을 삶아 먹으며 출근을 해야 하는 사람에게 그
러한 즐거움은 얻기가 힘든 즐거움이다. 그러나 그러한
것에서도 즐거움을 느낄 수 있는 바탕이 우리에게는 있
다. 우리의 삶에 의미를 주는 몇 개의 회로를 다르게 조작
시키기만 해도 그것은 가능해진다. 문제는 사람의 두께
를 인정하지 않고 그 회로가 단일하다고 믿는 데에 있다.
그 믿음을 퍼뜨린 것이 합리주의이며, 그 합리주의 밑에
서 자라난 것이 규격 생산품의 삶이다. 그 규격 생산품의
삶에는 '라면'의 '라'가 보여주듯이 어떤 열등감이 짙게
깔려 있다. 그 열등감이 합리주의의 탈을 쓰고, 더 맛있
는 '라면', 더 좋은 조미료, 더 큰 냉장고, 더 멋있는 자동
차를 갖기를 바라게 만드는 것이다. 더 좋고, 더 맛있고,
더 크고, 더 멋있는 것들은 실제로 그런 것이 아니라 그렇

다고 선전하는 광고 때문에 생긴 믿음이다. 우리는 더 좋고, 더 멋있는 것을 선택하는 것이 아니라, 더 좋고, 더 멋있다고 선전하는 광고를 따라 많이 광고된 상표를 살 따름이다. 그런 면에서 우리는 광고에, 소문에 중독된 자동인형이라고 할 수 있다. 심지어는 조미료를 사는 데도, 많이 광고된 것이 더 낫다는 확신을 갖고 있다. 그 확신이 가짜 확신이라고 말하기는 쉽다. 그러나 그 가짜 확신에서 벗어나기는 힘들다. 가짜 확신이 모든 사람들에게 편재하게 될 때에 가짜 확신은 진짜 확신처럼 작용한다. 규격 생산품 사회에서 무서운 것은 그 변용 과정이다. 그 과정에 휩싸이게 되면 그 규격품이 정말 바람직한 것인지 아닌지에 대한 비판까지 봉쇄당하고 만다. 하기야 '라면' 하나를 사면서도 어떤 '라면'이 더 맛이 있는 '라면'인지를 알아내기 위해, 순간적으로 내 머릿속에서 얼마나 자주 '라면'에 대한 모든 광고를 되뇌곤 하였던가! 그 되뇜이야말로 규격 생산에 대응하는 규격 소비의 마음가짐이다. 판매 전략이 되풀이되는 광고에 의존하듯이 구매 전략도 되풀이되는 광고의 되뇜에 있다.

합리주의와 기술 문명의 위대한 점은 사람을 세계의 중심에 세워놓으려고 하는 데에 있다. 사고하는 사람은 그 무엇보다도 위대하다는 생각은 르네상스 뒤에 생겨난 생각이다. 자기가 위대하다는 것을 모르는 자연보다 자기가 작은 존재라는 것을 아는 사람은 훨씬 더 위대하다. 그 생각은 사람이 자연을 점차로 정복해나가면서 확실하게 확대된다. 자연을 정복해가면서 사람은 자연보다 더 높은 위치에 서 있게 되었지만, 그 대신에 그 사람은 자연과의 생생한 접촉을 잃고 점차로 추상화되어갔다. 자연을 이겨낸 것은 '사람들'이지 '자신'은 아니다. 사람은 세계의 중심이 되면서 점점 익명화되어간다. 이를테면 한 대의 자동차를 만드는 것은 '사람'이지만 '자신'은 아니다. '자신'은 '사람'이라는 보통명사 속에 깊이 가라앉는다. 그는 창조나 소비에 참여하되 이미 그 주체는 아닌 것이다. 그것이 합리주의나 기술 문명이 갖고 있는 근본적인 함정이다. 그 함정에서 벗어나려면 자기가 창조나 소비의 주체가 되어야 한다. 자기가 확실한 느낌으로 모든 일의 주체가 되었을 때에 즐거움은 저절로 솟아난다. 자기가 모든 일의 주체가 된다는 것, 모든 동사의 주어가 된다는 것은 그러나 쉬운 일이 아니다. 사람은 개인에게 어떤 일에 사람으로서 참여하기를 바라지 개인으로서 참여하기를 바라는 것이 아니기 때문이다. 물건을 만들어낼 때에도 개인은 사람으로서 그 물건을 만들어내는 과정의 한 부분만을 맡게 되었으며 물건을 소비할 때에도 주어진 것만을 거짓되게 고를 수밖에 없게 되어 있다. 자동차 공장에서 처음부터 끝까지 참여하지 못하는 것과 마찬가지로 읽을거리에서도, 씌어진 글만을 사람들은 읽을 수밖에 없다. 사람이 자기 행위의 주체가 되는 것은 점차로 억압받고 있다. 물건의 생산과 소비에서 자기가 진정한 행위를 하고 있다는 느낌을 갖기 위해서는 어떻게 해야 할까. 이 사회에서 즐겁게 살기 위해서는 어떻게 해야 할까. 다시 말해 두께가 있는 삶을 살기 위해서는 어떻게 해야 할까. '라면'을 먹기는 이제 쉬운 일이 아니다. '라면'을 먹으면서 잃은──아니다, 그렇게 표현할 수는 없다. 차라리 '라면 먹기에 대한 성찰로써 드러난'이라고 써야 할 것이다―사람의 두께를 되찾는다는 것은, 이 땅에서, 과거의 체험을 체험으로 인정하면서, 현재의 체험을 그것과 어떻게 조화시킬 것인지를 따지는 일일 따름이다. 나는 복고주의자가 아니다. 또 복고주의자가 되어 자연과 합일하는 것이 사람이 살아야 할 길이라고 주장하고 싶지도 않다. 그것은 우리 사회의 중요한 모습을 억지로 지워버리는 일이기 때문이다. 내가 말하고 싶은 것은 어쨌든 지금의 한국 사람의 두께 속에서 즐거움을 찾아내는 작업을 서둘러 해야 한다는 것이다. 그것은 우리가 세계 역사에 어떻게 이바지할 수 있는지와도 밀접하게 연결되어 있다.

(1980)

즐거운 고통

문장 수업

이상하게도 잠을 못 이루는 밤이 많아졌다. 날씨가 싸늘해서 목만 이불 밖으로 내놓고 시커먼 천장을 바라보고 있노라면 까닭 모를 불안·죄책감이 나를 휩싼다. 왜 그런지 알 수 없다. 잠을 잔다고 하더라도 때때로 아내가 내지르는 짤막한 외침, 그녀의 얕은 한숨이 나를 깨울 때가 많다. 잠이 오지 않으면 숫자를 세거나 지나간 일들을 생각하거나, 앞으로 닥칠 일들을 생각하면서 억지로 시간을 메우려 하여도 잠 안 오는 밤의 시간처럼 더딘 것은 없다.

잠 안 오는 밤에 나는 많은 것을 생각한다. 간경화증으로 고생하고 계시는 어머니로부터 자궁외임신으로 얼마 전에 수술을 한 누나, 그리고 아직 총각인 동생에 이르기까지 나의 가족 하나하나를 생각한다. 때때로 나는 나의 강의를 듣는 학생들을 생각한다. 그들이 요구하는 것과 내가 가르치는 것 사이의 커다란 간극을 생각한다. 그러다 보면 꼭 생각하게 되는 한 재일 교포 학생이 있다.

그는 금년에 입학한 학생인데 일본에는 조총련계에 가입하여 활동하고 있는 누이가 있었다는 것이다. 그 누이에 대한 불안 때문에 그는 공부를 할 수도 없고, 놀러 다니지도 못했던 모양이었는데, 여름방학 때 제주도엔가 가서 자살을 했다고 한다. 자기와 인척 관계를 맺고 있다는 것 하나 때문에 자기와 다른 사상을 가진 누이에 대한 불안을 견디지 못하고 자살한 재일 교포 학생. 그를 생각하면 나는 외국어를 가르치고 싶은 생각을 완전히 잊어버린다. 때때로 나는 설악산으로 갔던 수학여행을 생각한다. 숱한 바위와 계곡과 잎과 그 사이에 숨겨져 있던 자연의 힘을 생각한다. 그러다 보면 우연히 신혼여행 갔던 때의 제주도가 떠오른다. 그전에 갔을 때에 비해 훨씬 정제되어 있었고, 치장이 잘된 명소들의 입구에 20원 혹은 30원씩 받던 검문소 비슷하게 생긴 매표소들. 그곳들에 가기 위해서 빈 포드 20M 속에서 들려 나오던 일본 음악, 그리고 귤나무와 곰보같이 구멍이 송송 뚫린 돌, 돌, 돌들. 비가 오는 날이면, 포장 안 된 내 집 앞의 길이 머리를 떠나지 않는다. 그리고 한 말의 쌀과 50장의 연탄. 그러다가 갑자기 몇 마디의 멋있는 말들이 처음 그것을 읽었을 때의 생생한 느낌을 동반하고 떠오른다. "사색이 뇌를 소모하는 것처럼 욕망도 또한 뇌를 소모한다" "사람들은 가는 데만 생각하느라고 오는 데는 거의 생각하지 않는다"라는 따위의 말들. 이런 것들을 생각하다 보면 잠이 들 때도 있고 어떤 때는 계속 새벽까지 잠을 설칠 때가 있다. 그럴 때마다 나는 부끄럽다. 나의 불안, 죄책감의 진동이 아직 남아 있기 때문에 나는 이런 유의 글은 외국어로 쓰고 싶다. 외국어로 사고할 수 있었던 이상 같은 시인이 나는 부럽다. 결국 나는 이런 유의 글을 쓰기가 부끄러운 것이다.

비겁한 민주주의자, 바보 같은 자유주의자. 할 말이, 정말로 할 말이 많으면서도 그 말은 가슴 깊이 감추어놓았다는 듯이, 때가 오면 그 말을 할 수 있으리라는 듯이 딴말만 하는 불쌍한 말쟁이. 그래서 그는 결국 말을 잊게 되리라. 나는 문장 수업 따위는 팽개치고 싶다. 나는 할 말을 많이 가지고 있다고 외치고 싶다. 그러나 내가 쓰는 글은 이따위 '가을 수필' 같은 것이다.

즐거운 고통

책은 즐거운 마음으로 읽어야 한다. 책읽기가 괴로워질 때에는 그것을 고쳐야 한다. 때때로 책읽기가 일종의 정신적 도피가 아닌가 하는 생각이 들 때가 있다. 가슴이 뜨거워질 정도로 괴로운 일이 생길 때 대개의 경우 책을 읽으면 그 괴로움이 많이 삭는다.

그때 생각하는 것이다. 너는 삶의 괴로움에서 도망하여 책 속으로 망명한 것은 아닌가. 어떨 때는 정말 책 속으로 망명한다는 느낌이 들기도 한다. 그럴 때에는, 나의 소설은 굶주린 아이 하나 구하지 못했다는 투의 사르트르 선생의 외침이 더욱 크게 들린다. 그는 글을 쓰고 읽는다는 문학병에서 벗어나는 데 수십 년이 걸렸다고 말하고 있다. 책 속으로 망명하는 고질적인 문학병. 그 병은 흔히 사람들을 글 쓰고 싶다는 충동으로까지 이끌고 간다. 좋은 책을 즐거운 마음으로 읽다 보면 거기에 대해서, 혹은 거기에서 암시받은 것에 대하여 무엇인가를 쓰고 싶어진다. 사르트르 선생의 관점에서는, 좀 병이 심해졌다고나 할까.

나는 물론 사르트르 선생의 그런 관점이 갖고 있는 일면의 타당성은 인정하지만 거기에 완전히 동의하지는 않는다. 책을 읽고 글을 쓴다는 것은, 책 속에 도피하고 글 속에 망명한다는 것 이상의 것을 갖고 있다. 그것은 세계를 새롭게 볼 수 있게 만든다. 세계를 새롭게 볼 수 있다는 것은, 일상 속에 파묻혀 일상인의 눈으로 세계를 보지 않게 되었음을 뜻한다.

세계가 갑자기 새로워질 리는 없는 것이고, 새롭게 보이는 것이다. 그때까지 감춰져 있어 보이지 않던 부분이 크게 확대되어 눈앞에 나타날 때의 기쁨과 고통, 그것이야말로 시인 정현종이 말한 '고통의 축제'가 아닐까. 책 속으로 망명하지 못하고 일상적인 세계 속에 갇혀 공식 문화가 전달해주는 것만을 받아먹을 뿐, 그 뒷모습을 들여다볼 생각은 꿈에도 하지 못하는 사람을 생각하는 것은 두려운 일이다. 그는 물론 어느 때의 나 자신이다.

내 속에 깊이 숨어 편안하게 세상을 살게끔 충동질하는 내 자신의 분신인 것이다. 책읽기는 즐거운 일이어야 한다. 그러나 어쩌랴. 대부분의 경우 책읽기는 즐거운 고통이다. 나는 그 고통을 최근에 윤흥길의 『황혼의 집』을 읽으면서 다시 느꼈다. 그가 고통스럽게 읽은 세상을 나는 그의 책을 통해 즐겁게 접근해갔는데 그 책을 덮고 나니까 다시 그가 느낀 고통만이 내 속에 남아 있었다.

(1976)

불꽃의 말

나는 독실한 기독교 집안에서 태어났다. 그래서 술을 아주 늦게 배웠다. 대학 3학년 때 문우들에게 끌려서 막걸리를 마시게 된 것이 그 시초였는데, 늦게 배운 도적질에 날 새는 줄 모른다는 식으로, 이제는 제법 술꾼이라는 이름을 듣게 되었다. 술을 즐겨 마시다 보니 내가 쓰는 수필에 술 얘기가 가끔씩 나오는데, 그것 때문에 이따금씩 진지한 얼굴의 문우들에게 꾸지람을 듣기도 한다. 술 얘기 좀 제발 그만하라는 것이다. 그런데도 술 얘기를 이따금씩 하게 되는 것은 술자리의 분위기를 지워버린 나의 삶을 생각하면 끔찍하기 때문이다. 술자리의 분위기란 이야기의 분위기이다. 돌아가신 양주동 선생께서는 화로 곁에서의 정담이 이야기로는 제일이라고 하셨으나, 나는 그런 운치는 아직 모르겠고, 내게는 역시 술자리의 이야기 분위기가 제일 마음에 든다. 마음이 맞는 친구하고, 막걸리든, 소주든, 맥주든 술을 앞에 놓고 마주 앉으면, 내 속에서 잠자고 있던, 그리고 사실은 나 자신도 그것이 내 속에서 잠자고 있었던 줄도 모르는 말들이 줄줄, 아니 술술 나올 준비를 한다. 술은 이야기를 정답게 하게 만들기 쉬운 문화적 장치이다. 술을 마시면 이야기를 많이 하게 되는 것을 내가 좋아하는 한 철학자는 호프만 콤플렉스라고 불렀다. 호프만의 소설에서는 술이 가장 중요한 역할을 맡아 하고 있다. 호프만의 술 콤플렉스를 설명하면서 그 철학자는 어렸을 때 본 브륄로라는 술 만드는 광경을 아름답게 회상하고 있다. 어렸을 때 술 만드는 것을 본 적이 없기 때문에 나는 그 회상의 심리적 값어치를 그와 마찬가지로 완전하게 누릴 수는 없지만, 복 지느러미를 넣은 정종에 불을 붙여본 이후에 나는 "불꽃이 조그마한 소리를 내어 알코올 표면으로 내려가는 것"을 충분히 즐길 수가 있게 되었다. 그 불타는 술이 위 속으로 들어가면 말의 성감대를 움직여 사람의 입을 가만히 있지 못하게 하는 것이다. 술 마신 사람의 입에서 나오는 말은 그래서 아름답다. 그것은 조그마한 소리를 내는 불꽃의 말이기 때문이다. 사무실에서 커피를 마시며 혹은 홍차나 우유를 마시며 하는 말과 그것은 완전히 다르다. 그것은 말하는 사람의 혀를 불태운다.

술 마시며 하는 이야기란 불의 이야기이기 때문에, 그 이야기 중에서도 사랑의 이야기가 가장 아름답다. 사랑이야말로 불 중의 불이기 때문이다. 마르그리트 뒤라스의 소설 『모데라토 칸타빌레』는 바로 그 불의 이야기이다. 한 부유한 공장 주인의 부인과 한 공장 직공 사이의 이루어질 수 없는, 이루어져서는 안 될 사랑이 바로 술 때문에 피어오른다. 술은 두 사람 사이의 틈을 없애주는 아니 불태워주는 신비로운 매개체이다. 이루어질 수 없는 사랑이 술을 마시면서 점차로 현실의 옷을 입기 시작한다. 보통의 사랑과는 완전히 반대되는 사랑이다. 술이 깨면 그것은 없어지는 사랑인 것이다. 그 술의 사랑은 환상적 현실의 사랑이다. 마르그리트 뒤라스의 술의 사랑은 아주 극단적인 경우이다. 그처럼 비극적인 사랑이 아닌 평범한 사랑을 하는 경우에도, 술은 사랑의 강도를 높이고 서로를 미화시켜주는 신기한 마력을 갖고 있다. 사랑하는 사람을 기다리는 경우에도, 술을 앞에 놓고 기다리는 경우와 커피를 앞에 놓고 기다리는 경우는 완전히 다르다. 커피를 앞에 놓고 사랑하는 사람을 기다릴 때, 커피는 거의 아무런 위안도 주지 않는다. 그러나 술을 앞에 놓고 기다릴 때 술은 많은 위안을 준다. 술이 불태우는 말의 혀는 말들을 가슴속에 가득 모은다. 그 말들의 무게 때문에, 더구나 그 말들은 불타는 말들이기 때문에, 가슴은 뿌듯해지고 더워진다. 술은 말의 예비자이며, 말의 부피를 불리는 희한한 공기이다.

바로 그래서 말을 다루는 문학을, 한 철학자는 술의 도움을 받지 않는 문학과 술의 도움을 받는 문학으로 나누자는 대담한 제안을 하고 있다. 과연 현대문학만을 살펴본다고 하더라도 보들레르 이후에는 그 구분이 어느 정도 힘을 발휘하고 있음을 알 수 있다. 술 혹은 술과 유사한 것을 통해 인공의 낙원을 만들려는 문학과 명료한 정신으로 세계를 분석하려는 문학의 대립은 세계 어디에서나 쉽게 찾아볼 수 있다. 나는 그 문학의 어느 것만이 좋다고 말하고 싶지는 않다. 인간은 현실을 분석하고 설명하고 비판하려는 의지와 함께 편히 쉬고 싶다는 욕망을 같이 소유하고 있기 때문이다. 술의 도움을 받지 않는 문학은 현실을 있는 그대로 드러내서 그 현실의 올바른 점을 강조하고 부조리한 점을 비판한다. 술의 도움을 받는 문학은 인공의 낙원을 제시하면서 그곳에서 편히 쉬고 싶다는 것이 인간에게 특이한 한 경향임을 보여줌으로써 기존의 세계를 부정하고 새로운 세계를 껴안는다. 술의 도움을 받는 문학에서 세계는 부풀어 올라 아름답게 불탄다. 삶은 살 만한 가치가 있다.

그래서 소설가 라블레가 르네상스 시기의 대표적인 거인으로 내세운 가르강튀아는 어머니의 왼쪽 귀에서 태어나자마자 "웽웽" 하고 우는 대신 "술을 마시자, 술을 마시자"라고 외친다. 그 거인의 술은 세계를 긍정하고 세계 안에 있는 모든 것을 왕성하게 먹어보려는 욕망의 술이다. 그의 술처럼 거창한 것은 아니겠으나, 어려운 시대에 살았던 많은 문인들은 술을 통해서 세계를 부정하고 새로운 낙원을 바라다볼 수 있는 힘을 기른다.

술의 도움을 받는 문학이 더 좋은가, 도움을 받지 않는 문학이 더 좋은가라는 질문은 그러므로 우스운 질문이다. 그 질문은 차라리 술의 도움을 받은 문학 중에서는 어떤 것이 좋으며 어떤 것이 나쁜가, 도움을 받지 않는 문학 중에서는 어떤 것이 좋으며 어떤 것이 나쁜가라는 것으로 바뀌어져야 할 것이다. 그 질문에 대답을 하려고 하니까, 다시 술좌석의 분위기로 되돌아오게 된다. 내가 제일 싫어하는 술자리는 과음이 되어 서로 남의 이야기를 듣지 않고 큰 소리를 질러대는 자리나 공연히 처연한 몸짓으로 즐겁게 말을 하지 못하게 만드는 자리이다. 과음이 되어 술자리가 높은 고함으로 가득 찰 때, 술이 부풀린 말들은 터져 불에 탄다. 그때 남은 것은 말의 뼈들만이다. 그것은 내가 좋아하는 철학자가 인용한, 과도하게 센 술을 마신 한 하층 계급의 여인과 같다. 그가 인용하고 있는 한 코펜하겐의 의사 일지에 의하면, "1692년에 먹는 것이라고는 단지 알코올을 과도하게 마시던 한 하층 계급의 여인이 어느 날 아침 손가락과 뇌의 마지막 관절들만을 남긴 채 완전히 소진되어 발견되었다". 그처럼

지나치게 뜨거워진 말들은 말의 뼈만을 남길 뿐이다. 그
것은 보기에 추하다. 술자리엔 알맞게 고양된 목소리만
이 있어야 한다. 과음은 술자리를 망쳐버린다. 그것은 싸
움·넘어짐·상처 등의 과정을 거쳐, 술 마신 사람을 완전
히 소진시킨다. 지나치게 많이 마신 다음 날 아침에 우리
는 부끄러움과 자신에 대한 증오로 얼마나 자신을 학대
하게 되는 것이랴! 술자리는 즐거워야 한다. 그곳은 울분
을 터뜨리는 자리나 슬픔을 과장하는 자리가 되어서는
안 된다. 그래서 술자리에서 지나치게 슬픈 얼굴을 하고
앉아 있는 사람을 보는 것은 괴롭다. 그런 사람의 원형이
나에게는 「장진주사」의 정철이다.

    한잔 먹세그려

    또 한잔 먹세그려

    곳것거 산노코

    무진무진 먹세그려

    이 몸 주근 후면

    지게 우혜 거적 더퍼

주리혀 매혀가나

유소보장의

만인이 우러녜나

어욱새 속새 덥가나무

백양 수페

가기 곳 가면

누른 해 흰 달

가는 비 물근 눈

쇼쇼리 바람 불 제

뉘 한잔 먹자 할꼬

하물며 무덤 우혜

잔나비 바람 불 제

뉘우친들 엇디리

술이 인생의 무상함을 덮어주는 마취제가 되어서는
안 된다. 술은 오히려 건조한 삶에 습기를 부여해주고,
엷은 삶에 두께를 부여해주는 고양제이어야 한다. 삶을
다시 긍정하기 위해서가 아니라면 왜 우리는 삶을 부정

하는 것일까? 술의 도움을 받는 문학이건 받지 않는 문학이건, 좋은 문학은 삶을 긍정시키기 위해 삶을 분석하고 부정하는 문학이다. 과음한 사람처럼 큰 소리로 외쳐대기만 하는 문학도, 공연히 세계를 부인하는 문학도 다 같이 받아들일 만한 게 못 된다. 우리는 삶을 즐기기 위해 술을 마신다. 마찬가지로 우리는 삶을 긍정하기 위해 문학 작품을 읽는 것이다.

(1979)

사과 다섯 알

사과가 다섯 알이 있다. 그것을 어떻게 먹을 것인가? 식민지 치하의 어두컴컴한 시대에 '펜'과 원고지에만 매달려 산 한 소설가가 그의 소설 속에서 심각하게 던진 질문이 그것이다. 심각하게라고 쓰면 놀라겠지만, 술자리에서 정색하고 물은 질문이니 심각하다고 하지 않을 도리가 없다. 사과 다섯 알을 어떻게 먹을 것인가? 우선 맛없는 것부터 먹을 수가 있다. 맛있는 것은 맨 나중에 돌려놓고 순서를 매겨 맛없는 것부터 먹는 것이다. 거기에는 기다린다는 재미가 있다. 그러나 맛있는 것을 놔두고 내가 왜 이따위로 맛없는 것을 먹는단 말인가. 맛없는 것부터 먹을 때, 그는 항상 맛없는 것만을 먹게 된다. 그것은 불쾌한 일이다. 그러면 맛있는 것부터 먹는 방법을 채택하면 된다. 제일 맛있는 것부터 차례로 순서를 매겨 제일 맛있는 것부터 차례로 먹는 것이다. 거기에는 첫입에 맛을 느낄 수 있다는 행운이 있다. 그러나 앞으로 자기에게 남은 것이 점점 맛없는 것이라는 것을 알게 될 때 과연 사과 맛이 날 수 있을까? 나에게 남은 것은 이제는 맛없는 것들뿐이다. 그것 역시 기분 나쁘고 불쾌한 일이다. 그렇다면 어떻게 할 것인가? 아무렇게나 먹어버릴 것인가? 사과 다섯 알을 아무렇게나 뒤섞어놓고 집어 먹는다. 맛있는 것이 집힐까, 맛없는 것이 집힐까? 그 방법에는 뭔가 꺼림칙한 것이 남는다. 거기에는 아무런 정서적 긴장도 있을 수 없기 때문이다.

식민지 치하의 그 소설가가 어떤 방법으로 사과 다섯 알을 먹었는지를 나는 알지 못한다. 알지 못할 뿐만 아니라 나 역시 어떻게 먹어야 할지를 모르고 있는 것이다. 아마도 세상을 보는 눈이나 사과 먹는 것이나 비슷할 것이다. 세상의 좋은 면부터 봐나간다. 봐라, 이런 선의에서 일이 시작하고 있지 않느냐. 그러나 결과는 신통치가 않은 경우가 허다하다. 그렇다면 세상의 나쁜 면에만 눈을 준다. 앞으로 잘되어나갈 것이다. 최소한도 이것보단 낫지 않겠는가. 그러다 보면 잘사는 나라에 태어나지 않고 이따위 형편없는 나라에 태어난 게 한심해진다. 그렇다면 어떻게 세상을 볼 것인가. 아무렇게나 골라잡아 꽝! 해야 하는 것일까. 그 식민지 치하의 소설가가 맨 마지막으로 아무렇게나 먹어버리지,라고 생각하게 된 것에도 일말의 동정이 간다. 아무렇게나 본다. 무책임하게 손에 잡히는 대로 본다. 거기에도 뭔가 꺼림칙한 게 있다. 그럼 이 세상을 어떻게 볼 것인가. 독자 여러분들은 어떤가. 사과 다섯 알은 너무나 먹기 힘들다.

이오네스코의 무소

사고와 행동 양식이 획일화되어가는 것을 보는 것보다 무서운 느낌을 주는 것은 드물다. 유연성 있게 사물을 바라보고 그것과 다른 것과의 거리를 잴 줄 알던 사람들이 갑자기 전기에라도 닿은 듯 목을 꼿꼿이 세우고 자기주장만을 되풀이할 때 그만 나는 세상을 살 재미를 잃어버린다. 그런데 문제는 그 목청 좋은 사람들이 많은 사람들을 현혹시키고 있다는 데에 있다. 소리가 크게 나니 먼 곳에 있는 사람들에게까지 들리게 마련이고 그러다 보면 그것밖에는 소리가 없는 것처럼 생각을 키우게 된다. 오래 생각하고 거기에서 유출된 결과로 다시 현실을 반성하는 자의 고통스러운 소리 따위가 들릴 수가 없다. 그래서 이오네스코의 섬뜩한 비유를 들면 사람들은 모두 무소가 되는 것이다. 마지막까지 무소가 되지 않으려고 애를 쓰는 자의 고뇌와 고통, 모두 무소가 되어버린 곳에서 끝내 무소가 되기를 거부할 수밖에 없는 자의 고통. 무소가 되지 않겠다는 것은 자동인형적으로 목청 좋은 사람의 볼륨 높은 소리만을 듣지 않겠다는 의지 이외의 다른 것이 아니다.

완전한 판단 정지 상태에서, 대부분 술 취한 듯한 상태에서 목청 좋은 자들의 소리만을 크게 반주하는 자들에게서 느끼는 것은 그래서 두려움이다. 그들이 무슨 짓을 할지 어떻게 알겠는가. 가장 높은 정신의 움직임을 다룬다는 문학에서까지 '목청 높은 자들'과 그 소리만을 듣는 자들이 계속 많아져간다는 사실은 두렵기 짝이 없는 일이다. 그래서 나는 이렇게 생각한다. 목청을 높인 자의 내부에는 무언가 거짓이 숨어 있다,라고 말이다.

돈키호테에 대한 몇 개의 단상

중학교 때에, 이렇게 감히 부르면 실례가 될지 모르지만, 말대가리라는 별명을, 그의 긴 얼굴 때문에 얻으신, 형의 친구 되시는 국어 선생에게서 나는 돈키호테적 인간형이라는 말을 처음으로 얻어들었다. 투르게네프의 이름까지 들고서, 그 선생님은 자기 자신 속에 갇혀서 자기 행동에 결단을 내리지 못하는 창백한 인텔리를 햄릿형의 인간이라고 규정하였고, 그에 반하여 돈키호테형의 인간이란 자신의 정의감에 따라 무분별하게 행동하는 사람이라고 규정하였다. 어린 마음에 무분별하게 날뛰는 돈키호테보다는 창백한 얼굴의 인텔리가 훨씬 좋아 보였었음은 지금도 뚜렷하게 기억하고 있다. 그 뒤로 인간이 같은 성의 친구들 외에 맺게 되는 여러 인간관계에서, 별로 잘생기지도 못한 얼굴에 우수의 그림자를 드리우게 하느라고 꽤 애를 쓴 것도 그 햄릿형의 인간에 어쩐지 마음이 끌려서였다. 돈 벌겠다고 호언장담하는 친구들을 본다든지 운동에 열중하는 친구들을 볼 때마다, 거 무분별한 것이지라는 생각이 무의식적으로 들면서, 생각하지 않고 현실에, 혹은 육체의 움직임에 신경을 쓰는 것이 이상해 보이는 것이었다. 아마도 그래서 원고지 한 장에 맥주 한 병도 사서 마실 수 없는 돈을 사례로 받으면서, 제법 뭔가 고민하는 폼을 잡고 살게 된 것인지 모르겠다. 지금에 와서는 물론 인간을 그렇게 단순하게 가를 수 없다는 것을 잘 알고 있다. 그런 식으로 인간을 가르기에는 현대 소비 사회가 지나치게 폭력적이다. 사고 자체가 획일화되는 방향으로 유도되는 소비 사회에서는 돈키호테형과 햄릿형으로 인간을 가르고, 그것으로 행동형·사색형의 상표를 붙이기가 거북하다. 햄릿형이란 이제 존재하지 않는 것이다. 현대 소비 사회의 금전 지향적 성격을 그 주된 비판의 대상으로 삼고 있는『한국일보』연재만화의 주인공인 두꺼비가, 한 달 전쯤, 그의 아들에게 가난하게 된다고 책을 읽거나 공부하지 말라고 화를 내는 것을 본 적이 있다.

한국 사회의 핵심을 날카롭게 찌른 것이라 하지 않을 수 없다.

햄릿형이 없다면 그럼 소비 사회에서는 돈키호테형만이 존재하는가? 그런 질문을 던지려니까, 만 원짜리 지폐를 양손에 가득 쥐고 시장으로, 백화점으로 뛰어드는 소비자들이 우선 머리에 떠오른다. 하지만 그들인들 어째서 돈키호테이겠는가? 그들도 소비 사회의 대중화 현상에 침윤되어 자신의 판단 기준을 잊어버린 꼭두각시들이 아닌가! 무분별하게 행동의 세계로 뛰어드는 것은 자기 속에 자기가 지켜야 한다고 생각한 '정의감'이 있었기에 가능한 것이지, 아무것도 없이 마구 날뛰는 것은 돈키호테적이라고 할 수도 없을지 모른다. 현대 소비 사회의 희생물들을 돈키호테적이라고 부른다면, 돈키호테가 아마 무지하게 화를 낼 것이다. 그들은 자동인형인 것이다.

돈키호테는 모순의 소산이다. 그는 그가 읽은 중세의 기사담이 담고 있는 중세기적 이념을 그대로 지키려고 애를 쓴 인물이다. 그 인물이 모순되게도 중세기의 몰락을 가장 회화적으로 보여준다. 그가 모순의 소산이라는 것은 그런 의미에서이다. 자신이 지키려고 애를 쓴 이념의 붕괴를 그 자신의 몸으로 보여준다. 그것이 돈키호테의 모순이다. 현대 소비 사회에 있어서 말의 정확한 의미에서 그런 돈키호테적 모순을 가장 잘 드러내고 있는 인간은 어떤 유의 인간일까? 아마도 생각하는 사람들이 바로 그런 유의 인간들일 것이다. 그것을 가장 첨예하게 보여주는, 대학생들 사이에 떠돌아다니는 재담 하나를 나는 소개하고 싶다. 로댕의 「생각하는 사람」이 무엇을 생각하고 있는 줄 아는가? 내 팬티 어디 갔나를 생각한다. 그 대답 속에는 현대 사회의 모든 특성이 다 숨어 있다. 생각하는 사람들은 누구나 다 저마다 자신의 생각을 가지고 있다고 믿고 있다. 자기가 생각하고 있는 이념이 없다면, 그것은 대체적으로 공상으로 끝나기가 십상이다. 자기 속에 있는 이념에 의해서, 사유인思惟人들은 자기 밖의 것들을 해석하고 비판하고 분석한다. 그 사유인들은 그들의 생각이 보편적이기를 원한다. 그 사유인들의 모순은 그들이 이미 사유가 필요 없는 사회에서 살고 있다는 것을 모르고 있다는 데에 있다. 현대 소비 사회에 대해서 깊이 생각한 사람들에 의하면, 소비 사회의 가장 큰 특성은 인간에게 거짓 욕망을 만들어내어 그것이 진짜 욕망인 것처럼 믿게 하는 데 있다고 한다. 매일 저녁 텔레비전이나 신문에서 보게 되는 숱한 광고를 생각하기 바란다. 인간의 욕망은 거짓으로 창조되어, 과장되게 선전된다. 똑같은 재료를 가지고 만들어낸, 가령 아이스크림을 예로 들자면 아이스크림을 가지고서 거기에 숱한 이름을 붙여 과대하게 선전함으로써, 아이스크림을 먹지 않아도 될 때에 아이스크림을 먹게 만들 뿐만 아니라, 그것을 먹는 사람에게 자기의 생각으로 무엇인가를 선택해서 먹었다는 환상을 불어넣어주는 것이다. 그 욕망과 선택이란 그러나 얼마나 거짓된 것인가. 30원, 50원, 80원……짜리의 아이스크림 중에서 자기가 선택해서 사 먹었다는 환상을 불어넣기에, 제조 회사들은 혈안이 되어 있다. 소비 사회에서 생각을 한다. 그것은 내 팬티 어디 갔나 따위의 생각에 지나지 않는다. 거창하게 한 손으로 머리를 괴고서, 세계의 안쪽을 들여다보는 듯한 눈초리를 하고서, 내 팬티 어디 갔나를 생각하는 사유인! 그야말로 돈키호테적 모순을 극명하게 체현하고 있다.

　돈키호테는 아무렇게나 날뛰는 인간이 아니다. 다만, 그는 시대착오적인 인물일 뿐이다. 그는 자기가 지켜야 된다고 생각한 이념이 이미 시대착오적이라는 것을 모르고 있다. 그러니 모든 것이 환상일 수밖에 없다. 다시 말해서 그의 모든 말이나 몸짓·행동은 비현실적이다. 그런 의미에서, 나는 때때로 내 속에서 돈키호테 콤플렉스라고 불러 마땅할, 지나간 시대의 이념에 사로잡혀 터무니없는 것을 주위에 요구하려는 무의식적 충동을 느낀다. 내 아내에게 가정부 없이 살아라, 태교를 해야 한다, 맹자의 어머니를 본받아라, 쓸데없는 것을 사지 말아라, 물건을 아껴 써라 하고 자못 호령 비슷한 것을 내던질 때, 내 아이들에게 친구들하고 싸우지 말아라, 어머니 말에 순종해라, 동생은 형을 존경하고, 형은 동생을 사랑해라 따위의 말을 할 때, 나는 그것이 꼭 나의 돈키호테 콤플렉스의 발로처럼 느껴지는 것이다. 이 사회에 필요 없는 것을 나는 시대착오적으로 타인에게 요구하고 있는 것은 아닌가? 그런 생각이 들 때마다 싸늘한 전율 같은 것이 내 등

골을 스쳐 지나간다. 지나간 시대의 유교적 이념을 너는 민주주의 시대에 적용시키려고 하는 것이 아닌가? 네가 옳다고 생각한 것만을 옳다고 생각하는 것은 아닌가? 그러한 느낌은 몇천 원의 유흥비를 마련하기 위해 자기 부모의 혈육을 죽이고, 옆집의 아이를 유괴하고, 가짜 학생을 사칭하고, 도끼로 사람을 패 죽이는 사람들을 볼 때, 그리고 몇 푼의 돈으로 자가용을 굴리고, 인기를 유지하기 위해 자신의 이름을 스스로 버리는 인기인들에 관한 풍문을 들을 때, 더욱더 심해진다. 학교에서 강의를 할 때, 선생들은 학생들에게 올바르게 살아라, 꿈을 갖고 살라고 가르친다. 그러나 그 학생들은, 사회에서 마치 능숙한 운동선수들이 심판에게 들키지 않을 정도로 교묘하게 벌칙을 범하면서 승부를 유리하게 이끌어가듯, 법의 심판을 받지 않는 한도 내에서, 혹은 법의 심판을 받지 않도록 유도하면서, 때로는 밀수도 하고, 때로는 탈세도 하고, 때로는 사기를 해서 돈을 모은 사람들이 정직하게 꼬박꼬박 세금을 내고, 하루 종일 자기가 맡은 일에 시달리는 사람들보다 편하고 화려하게 살고 있는 것을 보고 있다. 그러니 사실은 선생들 모두가 돈키호테 콤플렉스에 걸려 있다고나 할까. 두꺼비가 어느 날 갑자기 우리는 모두가 돈키호테이다라고 소리치지나 않을까 겁이 난다. 자식, 말은 잘해! 그것이야말로 돈키호테 콤플렉스에 걸린 자에게 주어지는 가장 가슴 아픈 비판이다. 그리고 사실로 나는 이 글을 쓰는 날 아침, 담배를 사러 가는 길에 파 한 단과 무 하나를 좀 사다 달라는 내 아내의 청을 받고 담배 가게 바로 곁에서 파와 무를 사다가, 내가 분명히 돈키호테 콤플렉스에 걸려 있음을 확인했다. 파 한 단에 120원, 무 하나에 100원이었던 것이다. 무슨 놈의 생활비가 그렇게 많이 드느냐고 투정해대는 나에게 당신은 아무것도 모르면서 무슨 말이 그렇게 많아요,라고 투정하던 아내의 말을 그때야 실감한 것이었다.

내 기억이 정확하다면 돈키호테는 독신자이다. 그는 그러니까 열熱을 인체의 각 부분과 대비시켜 유방열, 여자 성기열, 가슴열 따위로 분류하고, 그것을 얻기 위해 유방·성기·가슴 따위의 형태로 난로를 만들어, 거기에서 금을 합성해내려고 애를 쓴, 한 연구자의 표현을 빌리면 독신주의자의 예술인 연금술의 술사와 비슷하다. 독선적이고, 변태성욕적이고, 악의에 가득 찬 인물이 바로 독신주의자들이다. 몽테를랑의 『독신주의자들』의 드 코에트랑, 카뮈의 『이방인』의 뫼르소, 베케트의 『몰로이』의 주인공들의 그 독선과 악의는 그것을 읽는 자들에게 상당한 인내를 요구한다. 돈키호테 콤플렉스에 걸려 있는 자들이 사회에서 살아가기 위해서는 독신주의자가 되는 게 필요하다. 우선 타인에게 직접적인 피해를 주지 않기 때문에, 그리고 그 자신으로 모든 것을 끝막음할 수 있기 때문에 그렇다. 뫼르소처럼 멀쩡한 대낮에, 태양이 너무 따가워서 사람을 죽이게 되는 일이 일어나면 큰일이 아닌가! 여러분들은 돈키호테 콤플렉스에 걸려 있는가, 걸려 있지 않은가? 만일 걸려 있다면, 내 충고하거니와, 결혼하지 말고 혼자 살라! 하기야 이런 충고야말로 돈키호테 콤플렉스에 걸린 사람의 큰 특징 중의 하나이다.

(1975)

나에게 되살아오는 것은

── 보들레르에게

숱한 사람들이 오고 가는 가각街角을 돌아 다만 나의 세계인 초라한 나의 방에서 이렇게 당신을 향하여 조그마한 전언을 띄우는 것은 마치 때가 되면 사랑하는 여인의 생일에 꽃을 보내고, 혹은 죽은 자를 위하여 조전을 보내는 그런 마음에서가 아니라, 당신의 그 고적한 그림자, 미를 위해 몸이 떨리도록 싸운 당신의 메마른 모습을 그리기 위해서입니다. 그러므로 나는 외설죄로 고발당한 당신을 판단하는 재판관으로서가 아니라 비록 미셸 뷔토르가 그의 『기담奇譚』에서 말하고 있듯이 당신이 매독에 걸려 있었건 안 걸려 있었건, 사르트르가 그의 독특한 어조로 비난하고 있듯이 당신이 즉자 존재로 얼어붙어 대상이 되어 웅크리고 있건, "심술궂은 신이 어둠 위에 색칠하도록 선고한 화가처럼" 자기를 느끼는 당신을 그리는,

"모든 일락은 악에 있다"는 것을 아는 사람으로서, 당신의 그 어쩌면 초라한 몰골을 그리고 있는 것입니다.

그런 의미에서 나는 당신을 생각할 때마다 콕토의 그 유명한 우화 ─ 탁자 위에 뒤엎어놓은 둥근 병 속에 갇힌 곤충의 우화를 기억하게 됩니다. 그 병 속의 곤충들은 곧 거기에 적응하고, 번식을 하고, 그러는 사이에 그들이 살고 있는 세계란 평면이라는 것을 발견하게 되고, 얼마 안 있어 그들이 사는 세계가 주체이다라는 것을 그리고 그들이 딱딱한 면으로 막혀 있는 세계에 살고 있다는 것을 알게 되었지만, 시인인 곤충이 다만 "나, 둥근 병 속에 갇힌 수인이어라"고만 노래한, 말하자면 그가 모든 것을 발견했지만 아무도 훈육하려 들지 않고 그저 노래만 했다는 그 우화를 나는 "불행이 깃들이지 않은 미의 유형을 생각할 수 없다"는 당신을 생각할 때마다 기억하게 되는 것입니다 ─ 거의 나도 어쩔 수 없게 말입니다. "아무도 가르치지 않았다"는 콕토의 말은 인간의 모든 가르침이 ─ 콕토를 따르자면 전세기의 거의 모든 오류를 지적해낸 아인슈타인도 포함해서 ─ 결국은 딴사람에 의해

오류임이 밝혀진다는 것을 말하고 있다면 또 사실이 그러한데 아주 심각한 의미를 갖게 됩니다. 정말로 문제는 어떻게 '발견하였는가'에 있는 것이지 어떻게 '가르치는데' 있는 것이 아닌 듯합니다. 그런 것은 소위 객설로서의 문학littérature이 아닌가요. 당신의 모든 노력은 그러므로 도달을 위한 과정이었지 완성은 아니었다는 데에 큰 가치가 있는 듯합니다.

완성된 것은 항상 잘츠부르크의 아름다운 결정이 아닌가요.

『악의 꽃』을 쓰면서 당신이 행하였던 존재자로서의 자아의 이설détachement de soi과 그것을 냉정히 바라보는 성실성——그리하여 한 평론가로 하여금 "모든 예술적 현상은 인간 존재 속에 영원한 이중성의 존재를 동시에 자아와 타자가 되려는 욕구를 나타낸다"는 것을 밝혀내게 한 호모-뒤플렉스homo-duplex로서의 당신이 보여준 이중성으로 하여 당신이 부단히 생성되고 있었다는 점에서 당신은 우리에게 귀중한 존재입니다. 자아가 항상 기괴하며, 수성獸性을 가지고 있으며 병인이며 불행이다라는 것을 인식하면서 중세기의 비용처럼 그것을 성실성을 가지고 바라보며, 미의 이상계에 도달하려 한 데에 당신의 위대성은 있습니다.

당신이 미의 이상계에 도달하기 위한 과정으로서―후에 이것은 발레리가 말한 대로 말라르메에 있어 그 절정을 이루었는데 ― 당신이 행한 '악'도, 우리는 그러므로 잘 이해하고 있습니다. 그라바Anoldo Grava라는 연구가는 당신의 이상계와의 교접correspondances을 이렇게 설명하고 있더군요. 우선 당신은 물질계monde matériel와 이상계monde idéal로 세계를 구분하고 물질계에는 아름다운 것beau이 있고 이상계에는 미beauté가 있어 당신은 직관적인 흥분 상태와 연장된 꿈의 상태로서 이상계와 찬탄하리만큼 유사로 가득 찬plein d'admirabes analogies avec le monde idéal 물질계를 초월하여transcender 이상계에 들어가려 하였다는 것인데, 그러기 위해 당신은 독특한 것extraordinaire을 찾았고, 독특한 것은 그것의 어원 자체가 나타내주고 있듯이 긍정적인 면으로는 아름다운 것을, 부정적인 것은 추hideux한 것을 나타내주므로 ―이런 것을 그라바는 어여쁜 소년의 형태로 나타난 괴물의 아름다움에 반해 사람들이 그를 쫓아가보면 부패투성이뿐이다라는 멕시코와 페루의 신화로써 설명하고 있습니다만, 당신은 악 속에서, 추속에서 미를 찾았다고 그라바는 매우 명쾌히 설명하고 있습니다.

그러나 당신은 항상 말라르메의 그 좌절을 느꼈고, 그래서 당신은 끝없는 생성에의 방랑아인 것입니다. 당신의 '악'은 그러므로 포의 그것이 단순히 미적이고 형이상학적인 데 반하여 종교적인 면, 도덕적인 면 ─ 존재의 내부에서 일어나고 있는 영원한 좌절에 대한 우울, 앨버트로스의 그 오뇌에 찬 몸짓, 원초적인 카오스로서의 심연을 보는 괴로움에서 억제할 수 없이 터져 나오는 ─을 띠우게 되는 것도 우리는 알고 있습니다. 생성으로서의 모든 시도가, 발견이 이리하여 당신의 『악의 꽃』 속에서 피어나는 것이 아니었던가요.

자기 자신이 찢기우는 가슴의 어둡고도 투명한 대담 tête-à-tête sombre et limpide을 피하기 위해 당신이 파리라는 외부로 눈을 돌린 것을 그러나 거기서도 당신이 "눈사태여,

너는 나를 너의 타락 속에 이끌어 가기를 원하는가"라고 비통히 노래하듯이 다시 절망하여 "난간 없는 영원한 계단"을 내려가 술을 향해 몸을 던지게 되고, "지금은 취할 때입니다"라고 노래하게 되고, 거기서 또, 티보데가 말하듯이 "명백한 악으로 절망한 악으로, 벌받은 악"으로 그리하여 파리·술·악의 이 세 가지로의 도피가 실패하자 "악 속의 악처럼" 인간으로서 자기의 위치를 확신하기 위해 신을 저주하고 거기에 반란을 꾀하는 반항으로, 거기서 남은 마지막 하나의 휴식, "혐오할 만한 생의 마지막 목표"인 죽음에 이르게 되었다는 것 ── 이 모든 것, 이 상계에 다다르기에 실패한 당신의 노력의 추이를 우리는 잘 알고 있습니다.

동시에 우리는 당신의 죽음이 티보데가 말하듯이 "(보들레르적 죽음은) 천국에의 희망도, 시련에 의한 정화도, 지옥에의 타락도 아니"고 다만 "지옥의 변경에서의 통과"를 나타내고 있다는 것도 또한 알고 있습니다. 그것은 "영원한 휴식"이기 때문입니다. 이런 의미에서 당신을 살로salaud라고 비난한 사르트르는 옳을 수 있습니다. 당신은 죽음으로써 즉자 존재로 굳어버리기를 원했기 때문입니다.

그러나 우리는 역시 콕토의 "그는 모든 것을 다 발견했으나, 그는 아무도 가르치지 않았다"는 말을 기억하고 있습니다. 당신의 모든 생성은 이상계를 향한 고독한 몸부림이었고, 그 몸부림 속에서, 그 파편 속에서 당신은, 영원히 당신이며, 영원히 당신이 아닌, 풍선이 된 당신의 시를 기록했기 때문입니다. 시인들이 절대라는 바벨탑을 위해 언어의 주언呪言을 외우고 있는 한 언제까지나 그럴 수밖에 없는 '실패'를 당신은 당신 스스로 우리에게 보여주고 있기 때문입니다. 정말로 위대하였고 우리에게 삶에 대해 곰곰이 생각하게 '만들어준' 시인들은 전부 이런 실패 속에서 위대하였던 것이 아닌가요. 부재의 저편에서 기적처럼 살아 나와, 우리가 결코 가볼 수 없는 그곳을 말해주려는 그 언어─그것 때문에 시인의 실패는 계속되는 것이 아닌가요.

이리하여 당신이 '처음으로 본' 것에 대한 놀람·경악 혹은 몸부림이 당신의 시인 한, 당신의 시는 그렇게 보게 되는 인간에게는 항상 따뜻이 다가와, 화석으로서가 아니라 생생하게 피가 도는 것으로 다가와 그로하여금 끝없이 자기 존재를, 어그러지고, 찢어지고, 해어진 자기 존재를 보게 하는 실존의 길로 인도하여 창조적 선택을 할 수 있게 만들며, 이 영원한 단절, 영과육, 이상계와 물질계, 혹은 세계와 나와의 단절을 인간과 인간의 단절을 이해하고 그것을 초극하는 노력을 하게 해주고 있는 것입니다. 지친 몸뚱이를 이끌고 생존의 괴로움에 고통하며 조그마한 방구석에서 황량한 벌판 한복판에서 인적도 없는 산의 중턱 갈대밭에서 외로이 쓰러져 있을 때, 그때 생성으로서의 당신은 우리를 찾아와 생에서 고개를 돌리지 못하게 하는 것이 아닌가요. 당신의 그 절대를 향한 노력이, 그 힘든 작업이 말입니다.

정말 내가 이렇게 짧은 전언을 당신에게 보내는 것은 당신을 재판하기 위해서가 아니라 나의 고뇌를 당신을 통하여 보다 더 절실히 알고, 그것을 풀고 싶었기 때문입니다. 정말로 나의 절망을 우리의 절망을 너무 오래전에 미리 살아버린 나의 보들레르여.

(1963)

촉각이 도해圖解한 정경

나의 방에는 파스칼의 데스마스크가 걸려 있다. 그것은 석고로 만든 것이 아니라, 흰색과 더 많은 부분을 덮고 있는 흑색으로 얽혀 있는, 실체라기보다는 유령에 더 가까운 데스마스크이다. 이 데스마스크가 나에게는 한 상징이다. 그것은 삶의 무의미와 권태를, 그리고 이상한 가역반응으로 삶에의 의지와 희망을 매일 나에게 확인시킨다. 나의 방에는 그 데스마스크와 몇 권의 불어책, 그리고 너저부레한 잡동사니들이 쌓여 있다. 아침 9시만 되면 나는 나의 방 앞에 서 있게 된다. 그 방은 대부분의 문리대 연구실이 그러하듯이 지나치게 어둡고 지나치게 음산하다. 그 속에서 나는 때로는 바쁜, 때로는 한가한 하루를 보낸다.

이상의 표현을 잠깐 빌리면, "책보만 한 햇빛"이 내

방의 구질구질한 책상 위를 점령할 때 나는 방에 들어서서 그 햇빛이 "손수건만 해지다가" 완전히 없어져버린 뒤에도 한참 후에야 나는 퇴근한다. 아침마다 나는 부리나케 출근을 하는 것이지만 별다른 특별한 일들이 있는 것은 아니다. 나는 출근부에 도장을 찍고, 나의 그 습기 찬 방에서 책을 읽거나 원고지를 메운다. 그럴 때 나는 파스칼의 데스마스크를 보지 않는다. 그것이 나에게 강렬하게 도전해오는 때라고는 내가 애를 써서 방문을 열고 들어섰을 때에만 한한다.

"애를 써서"라고 나는 썼는데, 그 이유란 이렇다. 내 방 열쇠를 나는 항상 하의의 조그마한 주머니, 남들은 보통 라이터를 넣고 다니거나 여행할 때에는 기차표를 넣어두는 그 조그마한 주머니에 넣고 다니는데, 바로 그 이유 때문에 나는 가끔씩 지나친 마음의 부담과 그것에서 야기되는 많은 에너지의 소모를 감수한다. 전날 숙취를 하였다거나, 계절이 갑자기 바뀌었다거나, 뜻밖에 비가 내렸다거나 할 때는 나는 흔히 바지를 그것에 알맞게 갈아입고 출근을 한다. 그럴 경우 십중팔구는 열쇠를 잊어버리고 출근하게 된다. 벗어놓은 바지 속에 열쇠를 그냥 넣어두는 경우가 많다는 말이다. 그것은 꽤 자주 되풀이된 일이어서 퍽 조심하는 것이지만 그래도 나의 주의력은 그것을 망각하는 수가 많다. 바지를 갈아입은 날 아침이면 나는 나의 방문 앞에서 한참을 서성거린다. 가방을 든 나의 손은 가방을 들지 않은 나의 손을 열쇠를 꺼내지 못한다는 그 이유 때문에 아주 멸시하고 멸시받은 손은 부끄러움을 이기지 못하여 색깔이 빨개진다. 나는 주머니를 몇 번씩이나 뒤지는 것이지만 열쇠는 나타나지 않는다. 그때부터는 초조해진다. 나는 방 안에서 금방 무슨 일이 일어나지나 않을까, 아니 무슨 일이 이미 일어나지나 않았을까 걱정하고 불안해한다. 그것은 마치 서울을 떠난 지 몇 시간도 안 되어서 그곳에서 무슨 큰일이 자기가 없는 사이에 일어나지나 않을까 초조해하고 불안해하는 이상류李箱類의 감정을 상기시킨다.

내 손에 열쇠가 있었을 때 그렇게도 부담이 되어오고, 그래서 들어가기가 싫어지는 나의 방이 그때에는 나에게 더없이 다정했던 것처럼 생각되고, 내가 없는 사이에 나

아닌 그 누구가 바로 나의 방에서 그 무엇인가 중대한 일을 나도 모르게 해치우고 있는 것이 아닌가 하는 착각이 일어난다. 선녀의 지팡이가 나의 초라한 방을 만진 셈이다. 나는 온갖 틈을 조사하고 어떻게 들어갈 수가 없을까 안달복달한다. 그것이 헛일이라는 것을 알면서도 나는 문을 밀어도 보고 당겨도 보고 다시 밀어보곤 한다. 그러나 열쇠 없는 손에는 방문은 강철보다 더욱 단단한 느낌을 준다. 나의 불안은 더욱 심해지고, 방 안에서 내가 모르는 사이에 아주 중요한 일이 일어나고 있으리라는 불안, 걱정은 나를 더욱 한심하게 만든다. 나는 한참을 서성거린다. 집에를 다녀와야 되느냐, 그냥 두느냐, 나는 망설이고 망설인다. 불안은 더욱 가중해오고 그것은 거의 절망적인 상황에까지 나를 몰고 간다.

나는 바깥 창 쪽으로 가서 창문을 열고 나의 방을 마치 새로운 무엇이라도 쳐다보듯 들여다본다. 아무 일도 일어나지 않았다. 아니 일어날 리가 없다. 여전히 먼지 긴 불어책 몇 권과 메모지 몇 장이 굴러다닐 뿐이다. 나는 철창을 쥐고 방을 들여다본다. 그때는 어느 소설가의 말 그

대로, 내가 세상이라는 방에 갇혀 있고 나의 방으로 들어가는 것이 사실은 방으로 나간다는 느낌이 든다. 저 몇 평 되지 않는 공간 속에 나는 나의 모든 기대와 희망을 충전시킨다. 저 방 속에 들어갈 수만 있다면…… 그 방의 텅 빈 공간은 나를 너무나 자극시킨다. 그것은 영원히 달성하지 못할 어떤 것을 상상시킨다. 나는 그냥 집으로 되돌아가버릴까 생각한다. 나는 집으로 간다. 그것은 패전하여 돌아오는 자의 보상할 길 없는 피로와 비슷하다. 나는 나의 방 속에 갇혀 있는 그 공허와 그 공허가 야기시켜주는 가능성을 부러워한다. 나는 열쇠를 쥐고 곧장 다시 뛰어나와 연구실로 돌아온다. 그리고 그토록 세게, 그리고 그토록 강하게 나를 자극한 내 방의 공허와 침묵을 나는 정복한다.

문을 열었을 때, 나의 눈에 제일 먼저 띄는 것은 파스칼의 데스마스크이다. 그것은 그 진한 검은색을 통해 나를 비웃는다. 나는 내 방의 공허를 정복했지만 여전히 공허는 남아 있다. 파스칼의 데스마스크는 나의 공허와 침묵의 한 표상이다. 흰색은 많은 부분에서 검은색을 밀어

내려고 애를 쓰는 것이지만, 그것은 항상 실패한다. 그것은 한편 볼·눈자위·입술의 가장 작은 부분만을 겨우 점유한다. 그것은 생에 대한 의지의 표상이다. 나의 방에 꽉 차 있는 공허의 가장 작은 부분만을 내가 차지할 수 있는 것과 그것은 비슷하다.

나의 방은 나의 일생이다. 나는 그곳에 매일같이 출근하는 것이고 그 많은 부분을 나는 내 몸으로 채워가는 것이지만 그것은 열쇠라는 인위적인 물건을 통해 획득된다. 열쇠가 없다면 나의 방은 아무것도 아니다. 그것은 비결정 지대에 속한다. 열쇠가 없을 때, 흔히 사용하던 열쇠가 분실되었을 때 나의 일상적 삶의 터전이던 나의 방은 아라비아의 왕궁으로 변모한다. 그곳에는 수많은 가능성이 숨겨져 있는 것 같으며 내가 너무나도 익히 익혀온 나의 공허 역시 신비스러운 색깔로 채색되어 그곳으로 나를 마구 유인해내는 것이지만, 열쇠를 다시 구하여 들어갔을 때 그것은 결국 다시 눈에 익은 공허일 따름이다. 신비란 잘츠부르크의 썩어가는 나뭇가지에 지나지 않는다. 그러나 우리는 이러한 좌절·난파를 감수하지 않으면 안 된다. 일상적인 삶 속에 파묻혀 있을 때는 일순간의 초조와 불안도 형성되지 않는다. 그것이 형성되지 않을 때, 오오, 우리는 어떻게 우리 방의 열쇠를 구할 마음이라도 먹게 되겠는가.

파스칼의 데스마스크가 나에게는 하나의 상징이듯이 열쇠 역시 나에게는 하나의 상징이다. 나는 발레리의 저 유명한 「열쇠」를 기억한다. 발레리는 그가 세상에 태어나서 맨 처음으로 '열쇠'라는 말을 제일 먼저 내뱉었다는 유명한 일화를 남기고 있다. 사실로 그가 일생 동안 헤맨 것은 생을 열 열쇠를 찾기 위해서가 아니었을까. 그의 오랜 침묵, 수학에의 귀의, 카페에서 우연히 발견한 한 줄의 신문 기사 ─ 이 모든 것들이 그의 열쇠의 한 홈을 장식한다. 열쇠에 대해서 생각하지 않는 사람들, 자기의 방이 텅 비어 있고, 그 속에 자기가 들어갈 수 없기 때문에 그곳이 더욱 아름답게 보이는 그런 사람들이 아닌 맹목적인 사람들, 앙드레 브르퉁이 '개[犬]의 생활'이라고 부른 것을 영위해나가는 그런 사람들, 그런 사람들은 물가에서 자기를 세지 않았기 때문에 수가 모자라 끝없이 숫자만을 세고 있는 그 미욱한 돼지들을 상기시킨다.

현대의 고뇌를 한 몸에 지니고 살다가 간 듯한 느낌을 주는 니체는 다음과 같은 지극히 아름다운 산문 몇 줄을 남기고 있다.

우리들 서로의 얼굴을 들여다보아라. 우리는 히페르보레이들이다. 우리는 얼마나 멀리 떨어져 살고 있는가를 충분히 알고 있다. "육로로든 해로로든 히페르보레이로 가는 길을 너희들은 발견하지 못하리라." 벌써 핀다로스는 우리에 관해서 이런 것을 알았던 것이다. 북극의 얼음과 죽음의 저편 언저리에 ─ 우리의 삶이, 우리의 행복이 있다.

히페르보레이는 전설의 땅이며 실재하지 않는다. 그곳은 상상의 세계 속에 있으며 실현되지 않았다는 점에서 '공허'이다. 그곳은 무이며, 생성의 가능성을 보여준다는 점에서 질료質料이다. 그곳은 나의 방이다. 그곳은 '나'이다. "해로로든 육로로든 히페르보레이로 가는 길을 너희들은 발견하지 못하리라." 핀다로스에게서 빌리고 있는 이 말은 의미심장하다.

　우리는 모두가 히페르보레이가 있다는 것을 믿고 있다. 그곳은 정토이며 풍요한 땅이며 신들이 축복한 자들만이 살고 있다는 것을 모두들 알고, 믿고 있다. 그러나 그곳으로 가는 길은 막혀 있다. 그곳은 카프카의 『성』과도 비슷하다. 우리는 애를 써서 그곳으로 가보려고 하는 것이지만 남는 것은 피로와 불안과 절망뿐이다. K처럼 우리는 몇 날 며칠을 돌아다니는 것이지만, 결국 그곳에 갈 수 없다는 사실을 확인할 뿐이다. 그곳은 영원한 공허이며 영원한 질료이기 때문이다. 그러나 니체는 덧붙인다. "북극의 얼음과 죽음의 저편 언저리에." 히페르보레이로 가는 길은 어둠과 죽음, 그리고 얼음의 길이다. 그곳에 있는 것은 무와 공허와 부재뿐이다.

　그러나 그것을 넘어서면 "북극의 얼음과 죽음의 저편 언저리에 우리의 삶과 우리의 행복이 있다". 그 춥고, 죽음만을 부르는 북극의 얼음 저편에 행복이 있다. 히페르보레이라는 말 자체가 '저 언덕 너머'라는 뜻이 아닌가.

정말로 니체는 사뭇 엄숙한 얼굴을 짓는다. 이 말이 의미하는 것은 무엇일까? "노력 끝엔 성공이다"라는 저 상투적인 확신일까? 그럴지도 모른다. 그러나 더 중요한 것은 그것이 공허이며 무이며 부재라는 것을 알고, 바로 그렇기 때문에 달려드는 그러한 행위 속에 행복은 숨겨져 있다는 그런 의미의 말이 아닐까? 우리가 만드는 것, 우리가 히페르보레이로 가기 위해 만드는 모든 공허한 흔적은 그것이 공허하기 때문에 더욱 가치가 있는 것이 아닐까? 마치 음식이 그대로 밖에 있는 것보다는 삭아가고 부패해가는 과정에서 그 영양가를 발휘하듯이 말이다. 그때 "썩어서 문드러질 내장이 둘러싸고 있는 가죽 울타리에 지나지 않으며, 어려서는 나비인 척해도 결국 구더기로 끝나버리는" 인간의 존엄이 나타나지 않을까? 저 광막한 벌판에 무용의 피라미드를 세우고 무용의 미로를 만든 것은 그러한 것 때문이 아닐까?

히페르보레이로 가는 길은 나의 방으로 가는 길이며, 그 방 속에 아무것도 없다는 점에서 정상으로 끊임없이 돌을 밀고 올라가는 시시포스의 고갯길이다. 그 허무한

활동의 원圓 안에 무엇이 끼어들 수 있을까? 예의 불안과 절망이? 무가? 허무가? 아니다. 그 흔적은 무이며 절망이며 허무라 하더라도 그 길로 향하는 태도는 인간의 존엄을 드러내려는 태도이며 인간을 새롭게 봐야 한다는 새 문제의 제기이다. 모든 것이 허망하다 하더라도 그것을 이기려는 노력만은 허망하지 않다. 그것은 허망을 인정함으로써 그곳에서 벗어나기 때문이다. 히페르보레이로 가는 사람을 나는 난파인難破人 혹은 실패인失敗人이라 부르고 싶다. 그들은 끊임없이 항해하고 난파하고 다시 항해하는 선부船夫 에이합과 같기 때문이다. 난파인의 생활은 두려움에 감싸인 자의 응축된 그것이 아니라, 그것을 솔직히 인정하고 그것을 극복해보고 그것이 실패하더라도 거기에 어떤 의미를 부여하려는 의미인意味人의 생활이다. 루오의 한 동판화에 붙어 있는 에피그램 그대로 히페르보레이로 가는 사람들이라면 "오오, 누군들 난파하지 않으랴". 난파인은 계속 방으로 들어간다. 그곳에 아무런 위안도, 아무런 구원의 방도도 없다는 것을 알면서도 그러지 않을 수 없기 때문에 그는 방으로 들어간다.

방에서 그는 무엇을 발견하는가? 허무이며, 무이며 결국은 자기 자신이다. 그는 허무의 방 속에서 계속 난파한다.

난파인은 무엇인가? 그는 갇힌 것을 아는 사람이다. 그는 자신이 갇혀 있다는 것을 앎으로써 난파한다. 무엇에 갇혀 있는가? 방 속에, 자신 속에. 그 방은 무엇인가? 기존 질서이며, 현실이며, 타인이다. 지드는 일찍이 이렇게 적었다. "탈출하지 않는다—이것은 잘못이다—우선 탈출할 수가 없다—하나 그건 탈출하지 않기 때문이다—벌써 밖에 있다고 믿기 때문에 사람들은 탈출하지 않는다—만약에 자기가 갇혀 있다는 것을 사람들이 안다면 적어도 나가려는 욕망이라도 가질 텐데." 팔뤼드의 권태롭지만 명증明證한 의식을 통해 토로되고 있는 이 부분은 '난파하지' 않는 사람들에 대한 투철한 비난이다. 난파하는 사람에게 중요한 것은 자기가 밖에 있느냐 안에 있느냐에 대한 인식이 아니다. 밖에 있기 때문에 불행하고 안에 있기 때문에 행복하다, 혹은 안에 있기 때문에 불행하고 밖에 있기 때문에 행복하다 따위의 극히 도식적이고 관념적인 인식 태도를 그는 거부한다. 그에게 있어 유일하게 파악되는 것은 자기 자신이 밖에 있건 안에 있건 그 위치 그 위상이 어떠하든 간에 자기가 갇혀 있다는 것, 바로 그 영어圄圄 상태 그것뿐이다.

　장용학은 그의「요한 시집」에 대한 짤막한 노트에서 자기가 소위 실존에 관심을 갖게 된 동기를 이렇게 말하고 있다. 어느 날 그는 다방에 앉아 있다. 그는 다방 문을 열고 누가 들어오는 것을 본다. 그는 갑자기 생각한다. 그가 밖에서 다방으로 '들어오는' 것이냐, 밖에서 다방으로 '나가는' 것이냐. 그는 그때 모든 것이 그러한 이원론, 추론의 이원론 위에 세워져 있다는 것을 안다. 사실로 그렇다. 우리는 밖에서 방으로 들어오는 것도 아니며 밖에서 방으로 나가는 것도 아니다. 그러한 위상, 관념적이고 도식적인 인간의 위상이 중요한 것은 아니다. 생각해보라. 이카루스가 미노스의 명에 의해 자기 부친이 설계한 그 절묘한 미로에서 벗어나려고 대기로 날았을 때, 그가 그 미궁에서 대기로 빠져나간 것인가, 아니면 미궁에서 그 대기로 들어간 것인가? 그러한 것에 관심을 기울이는 것은 좀더 중요한 것, 영어 상태에 대한 자각을 불가능하게 만들 위험이 있다. 결국 중요한 것은 자신이 안에 있느냐 밖에 있느냐 하는 위상의 문제가 아니라 자신이 갇혀 있다고 느끼느냐 아니면 해방되어 있다고 느끼느냐에 있다. 그것은 위상의 문제가 아니라 의식의 문제이다. 그것은 의식의 섬세한 조작을 필요로 한다.

난파인은 우선 갇혔다고 느끼는 자이다. 그는 자신이 안에 있느냐, 밖에 있느냐로 고민하지 않는다. 그는 높은 자리에 있느냐, 낮은 자리에 있느냐로 고민하지 않는다. 그는 갖고 있느냐, 갖고 있지 않느냐로 고민하지 않는다. 그는 다만 자신이 갇혀 있다고 느낄 따름이다. 어디에 갇혀 있는가? 기존 질서와 현실과 타인에게. 그것을 아는 순간에 그는 벗어나려고 애를 쓴다. 그가 공허에 대한 오랜, 그리고 질긴 투쟁을 시작하는 것은 바로 이때부터이다. 그는 그 순간부터 수만을 되세고 있는 저 물가의 돼지에서 벗어나려 한다. 그는 난파하기 시작한다. 그는 난파를 계속 되풀이한다. 그는 난파함으로써 인간이 되기를 선택한다.

(1967)

3 묘지 순례

묘지 순례

여행은 일종의 정신 치료제이다. 그것은 일상생활 속에 갇혀 자신이 얼마나 노예가 되어 있는가를 생각조차 하지 못하고 살고 있던 자에게 갑자기 그가 그 속에서 편안하게 살고 있던 세계와는 다른 세계를 보여준다. 그것은 그래서 한편으로는 두렵고, 한편으로는 즐겁다. 자신의 달팽이집을 떠난다는 점에서는 두렵고, 새로운 세계를 만난다는 점에서는 즐겁다. 학생 기숙사에서 꼼짝하지 않고 책만을 읽으면, 대략 일주일이 되기가 무섭게 그 책에서 도피하고 싶다는 욕망이 생긴다. 그 욕망에 져서야 되겠는가. 버틸 수 있는 데까지 버티어보자. 그것이 두세 주일이 지나면 그 싸움 자체가 주는 부담 때문에 견딜 수가 없게 된다. 그때는 할 수 없이 짐을 챙겨서— 하긴 짐이라야 별것이 있겠는가, 칫솔 하나와 카메라, 노트 그리고 안내서 등이다 ─ 길을 떠난다. 여행을 다닐 때 짐을 별로 안 가지고 다니는 것이 내 버릇이다. 하지만 프랑스에서의 여행은 안내서의 여행이다. 볼 것은 많고 시간은 적으므로, 효과적으로 시간을 이용하자면 안내서를 이용할 수밖에 없다. 안내서로서 가장 뛰어난 것이 미슐랭이라는 이름의 안내서이다. 미슐랭은 프랑스의 타이어 회사 이름인데, 그 회사에서 발행하는 안내서는 가히 안내서의 압권이라고 할 만하다. 각 나라와 프랑스의 각 지방의 안내서에는, 반드시 봐야 할 것에서부터 음식에 이르기까지 여행에 필요한 모든 것이 다 씌어져 있다. 그 안내서가 갖고 있는 유일한 결점은 너무 자세하고 친절하게 안내해서, 여행자가 여행할 때 실수를 마음껏 저지르지 못하게 하는 것이다. 하긴 그 미슐랭 안내서 때문에, 타이어인들 얼마나 많이 팔렸겠는가. 심심해서 그 안내서를 뒤적거리고 있으면, 언제나 길을 떠나고 싶다는 욕망이 생긴다. 여행 도중에도 시간 나는 대로 뒤적거리면, 그곳에 관련되어 있는 예술가들의 이름과 일화와 유물들이 곧 눈앞에 떠오른다. 예를 들자면 괴테가 젊은 시절

연애하던 때에 드나들던 교회의 의자까지 다 나와 있는 것이다.

명색이 문학 공부를 한다는 사람이라고, 나는 여행을 떠날 때마다, 미슐랭에서 문학가와 미술가, 그리고 미술관을 찾아내, 제법 교양인답게 굴려고 애를 썼다. 프랑스 민족 자체가 원래 무엇을 보존하기를 즐겨 하는 민족이고, 한 작가의 표현을 빌리면, 극장이 막 파한 뒤의 입구처럼, 예술가들이 붐비는 나라라, 프랑스라는 나라 자체가 박물관이다. 거기에다가 프랑스 민족이란 오죽 말하기 좋아하는 민족인가! 하찮은 것에도 굉장한 의미를 붙여 신화적인 것으로 만드는 것이다. 프랑스 여행은 사실 그 신화에 홀린 자들의 여행이다. 프랑스 여행 중에, 내가 즐겼던 것은 묘지 순례였다. 프랑스의 묘지는 한국의 묘지와 여러 면에서 다르다. 우선 묘지가 마을에서 멀리 떨어져 있지 않고, 봉분이 없어 무섭지가 않다(한국의 묘지가 무서움을 주는 것은 봉분 때문이라고 생각한다. 컴컴할 때, 그 뒤에 무엇이 숨어 있는지 어떻게 알 수 있겠는가). 교양인답게 프랑스에서 처음으로 찾아간 묘지는 발레리의 해변의 묘지였다. 대학원에 다닐 때 그에 관한 논문을 한 편 써볼까 하고, 근 1년에 걸쳐, 플레이아드판으로 나온 그의 전집을 통독한 일이 있는 나에게, 세트는 마치 나의 고향 같았다. 전집에는 그의 생가가 세트 대로★ 65번지라고 나와 있었는데, 그 4층 집의 입구에는 발레리에 관한 언급 하나 없었고, 여느 아파트와 같은 컴컴한 입구·계단·편지함뿐이었다. 그의 유명한 「해변의 묘지」를 기념이라도 하기 위해서인 듯, 그의 묘소는 해변이 바라다 보이는 산기슭에 있었다. 묘지에는 그의 시 「해변의 묘지」의 시 한 대목이 씌어져 있었다. 처음 몇 자는 삭아서 거의 보이지 않았다. 여행객들이 몇 명 그 앞에서 서성거리고 있었고, 그 옆의 상석床石 위에서 지중해를 바라다보니, 그의 그 시를 곧 이해할 수 있을 것 같았다. 지중해 연안의 한없이 이어지는 바다와 햇빛. 그의 명료한 지성의 근원에는 그가 지중해인이라는 사실이 숨겨져 있는게 분명하였다. 그 묘지 뒤의 발레리 박물관 입구에서, 예술 작품은 우리가 보고 있다고 믿고 있으면서도 사실은 보고 있지 않은 것을 보여준다는 그의 말을 읽었을 때,

나는 대학원 때 나를 그토록 사로잡았던 그를 대번에 다시 알아보았다.

그의 묘지를 보고 난 뒤에 나는 묘지 순례에 재미를 붙였다. 특히 파리의 묘지는, 파리가 과연 문화인의 수도라는 느낌을 불러일으켜주었다. 하긴 파리에서 태어난다는 것은, 프랑스인들에게도 두 번 프랑스인이 된다는 것을 뜻한다고 하지 않는가. 파리에는 많은 묘소가 있다. 베를렌과 앙드레 브르통이 누워 있는 바티뇰 묘지, 지로두와 마네, 드뷔시, 비니가 묻혀 있는 파시 묘지는 오히려 작은 곳에 속한다. 파리에는 세 곳의 유명한 묘지가 있다. 몽파르나스 묘지와 몽마르트르 묘지, 그리고 페르 라셰즈 묘지가 그것이다. 몽마르트르의 언덕에 서서 내려다보면, 바로 몽마르트르 묘지가 보인다. 보들레르, 차라, 생뵈브, 모파상 등이 묻혀 있는 묘지이다. 몽파르나스의 묘지에는 졸라, 고티에, 드가, 스탕달 등이 누워 있다. 페르 라셰즈의 묘지는 파리에서 가장 큰 묘소이다. 원래 제수이트 교단의 휴양소가 있었던 곳인데, 루이 14세의 고해 신부였던 신부가 자주 드나들었던 곳이라 아직까지

페르 라셰즈라는 이름을 얻고 있는 곳이다. 그곳을 제대로 다 구경하려면 묘지 지도를 사서 네다섯 시간을 돌아다녀야 한다. 그곳에 묻혀 있는 낯익은 이름들은 헤아릴 길이 없을 정도로 많다. 로시니, 뮈세, 콜레트, 엘로이즈와 아벨라르, 쇼팽, 제리코, 도데, 위고, 몰리에르, 라퐁텐, 바르뷔스, 에디트 피아프, 오스카 와일드, 발자크, 비제 등이 그곳에 묻혀 있는 것이다. 묘비와 그곳에 새겨진 비명들을 읽으며, 하나하나 점검해가노라면, 마치 불문학사 책 속에 들어와 있는 듯한 느낌을 받는다. 그곳에서 제일 유명한 곳이 알프레드 드 뮈세의 묘지이다.

> 내 친구들이여, 내가 죽으면
>
> 무덤가에 수양버들을 심어다오
>
> 내 축 늘어진 버들잎을 사랑하노니
>
> 그 희미한 빛도 나에겐 다정하고 친숙해라
>
> 또한 그 그늘도 내가 잠든
>
> 땅에는 가벼우리라

그의 소원에 따라 그의 무덤에는 수양버들이 심겨 있다. 그러나 토양이 맞지 않아서인지, 그 수양버들은 내 키보다 더 작은 것 같았다. 죽으면 새로 심어놓고, 또 죽으면 또 새로 심어놓는다고 하던가. 죽은 사람들과 같이 지내는 것은 마음을 가라앉힌다. 그것은 아마도 내 마음대로 그 죽은 사람을 다시 재구성할 수 있기 때문이리라.

그러나 지금 다시 생각해보면, 그 묘지들을 보러 다니면서 내가 내내 편안했던 것 같지는 않다. 그 묘지 속의 주인공들은 나에게 많은 위안을 주었으나, 그 묘지를 팔아먹고 있는 사람들이 나에게는 언제나 꺼림칙하게 느껴졌다. 위대한 사람은 죽어서 이름을 남기고, 살아 있는 범용한 사람들은 그 사람을 찾아다니면서, 그 사람들의 묘소를 지키고 있는 사람들에게 돈을 지불한다. 그러고는 자기도 이제는 문화인 행세를 충분하게 했다고 믿으며, 잘 가라는 수위의 말에 즐거운 미소를 짓는다. 결국 나의 그 속물스러움이 나를 자꾸만 쿡쿡 찌르는 것이다. 미술관에 들렀을 때에는 그렇지 않았다. 웬일이었을까. 아, 알겠다. 진정한 문학 기행이란 좋은 작품을 남긴 사람의 묘

소를 찾아다니는 것이 아니라, 그가 쓴 작품을 읽는 것이
다. 내 책상 앞에서 좋은 작품을 읽을 때, 나는 그에게 얼
마나 더 가까워지는 것이랴.

(1977)

인간과 종교와 문화

인간은 자기가 예견豫見한 것만을 본다. 1974년 10월 2일, 박옥줄 교수를 모시고 김포공항을 떠나면서 나는 내 의식에 아무런 제동도 가하지 않고 내 눈이 보는 것을 그대로 수락하겠다고 서너 번 속으로 다짐을 하였다. 그때까지만 하여도 나는 무엇이든지 다 내가 볼 수 있으리라고 생각하였던 것이다. 실제로 김포를 떠나자마자 나는 내가 모든 것을 다 볼 수 있다고 생각한 것이 하나의 의식意識의 장난이라는 것을 깨달았고, 그래서 내가 예견한 것만을 보기로 마음을 다시 잡았다. 그런 의미에서 홍콩은 나에게 아무런 것도 보여주지 않았다. 높은 건물과 상점마다 산적해 있는 일본 상품들, 영화나 책 같은 것에서 너무나 많이 본 쿨리, 그리고 섹스 영화의 광고판들이 홍콩의 전부였다. 홍콩과 달리 방콕은 나에게 격심한 흥분을 불러일으켰다. 그곳은 홍콩보다 더 더웠고, 홍콩에서 볼 수 없었던 열대 식물들이 시내의 곳곳에 서 있었다. 내가 들어간 싼 호텔 주위에도 열대 식물들이 무성하게 서 있었다. 그곳에서 내가 감명받은 것은 그 열대 식물이나 밤에 갑자기 내리는 소나기 그리고 싼 맥줏집의 엉터리 쇼가 아니었다. 그런 것은 영화나 책 속에서 얼마든지 볼 수 있는 것들이었다. 그곳에서 가장 나를 놀라게 한 것은 사원寺院이었다. 타이 전국에 수천 개가 있을 뿐만 아니라 방콕에만도 백여 개가 넘는다는 그 사원은 우리나라에서 내가 본 사원들과 완전히 달랐다. 우리나라의 사원들이 도시에서 멀리 떨어져 명상을 위주로 하여 건축된 것이라면, 내가 보기에는 타이의 사원들은 도시 한복판에서 타이인들의 삶과 밀접하게 연관되어 건축되어 있었다. 단하루의 여유밖에 없었으므로 방콕에 있는 모든 사원을 돌아본다는 것은 거의 불가능했다.

나를 안내한 관광 안내원은 나에게 세 개의 사원을 볼 것을 권했고, 나는 그 권고를 그대로 따랐다. 제일 먼저 보게 된 사원은 라마 1세가 건축하였고, 누워 있는 부다

[佛]의 사원이라는 왓포Wat Poh였다. 그곳에는 99개의 파고 다와 타이에서 두번째로 큰, 비스듬히 옆으로 누워 있는 부다의 상이 있었다. 99개의 파고다에는 사자死者들의 사리舍利가 안치되어 있었는데, 색色이 들어 있는 유리를 사용하여, 그 파고다는 마치 만화경 속의 화려한 세계를 연상시켜주었다. 인간은 무슨 필요가 있어서 저렇게 많은 탑塔을 만들고 저렇게 큰 부다를 만들어 뉘어놨을까? 나는 황혼 녘 이집트의 피라미드 밑에서 앙드레 말로가 던진 질문을 다시 던져보았다. 저런 것을 만들어놓지 않으면, 삶을 영위해나갈 수 없도록 타이인들은 불안했던 것일까? 두번째로 내가 본 사원은 라마 5세가 세웠다는 대리석 사원이었다. 대리석은 타이에서는 나오지 않는 석재石材다. 그것을 외국에서 수입해서 타이식 사원의 기둥을 만든 것이다. 거기에는 타이의 여기저기에서 수집해온 불상佛像이 회랑回廊에 전시되어 있었다. 52개의 그 불상은 전부 다른 자세를 취하고 있었다. 거기에서 한국식으로, 한 손은 배 앞으로 내밀고 한 손은 손가락으로 동그라미를 그리고 있는 한국식의 불상은 단 하나밖에 없었고, 일

본 양식이라는 설명이 붙은 불상은 그리스도의 성화聖畵와 같이 뒤에 후광後光을 달고 있었다. 그 불상들은 사람은 저마다의 신을 통해 신에 다다른다는 그곳의 속담을 나에게 상기시켜주었다. 시대와 상황에 따라서 타이인들이 요구한 불상의 형태가 저절로 달라진 것이다. 어떤 불상은 고뇌를, 어떤 불상은 자비를, 어떤 것은 사랑을 나타내고 있다. 그것은 그 불상을 만든 자들의 심리적 상태에 다름 아니지 않을까. 세번째로 내가 보게 된 것은 5톤이 넘는다는 금불상이 안치되어 있는 사원(왓 트라이밋 Wat Traimit)이었다. 그곳에는 그 금불상 외에 거의 볼 만한 것이 없었지만, 다른 사원과 다르게 부속 학교가 곁에 붙어 있었다. 사원은 중세 시대의 서당書堂이 그러했듯이, 타이에서 교육의 중심을 이루고 있었고 지금도 그런 모양이었다. 타이는 지금 동남아에서 가장 안정된 정권을 갖고 있는 것으로 알려진 나라 중의 하나이다. 안내원은 그 이유로 불교와 왕정王政이라는 두 개의 전통을 들었다. 1930년대에 한 번의 혁명이 있었지만, 국민 투표에서 국민은 다시 왕정을 선택했다는 얘기까지 그는 해주었다. 전통이 있다는 것은 무슨 뜻인가? 전통이 있다는 것은 길을 잃고 헤매었을 때 돌아갈 곳이 있다는 것에 다름 아니다. 타이의 모든 대학이 국립이며, 그 교육의 중심에 불교가 자리 잡고 있다는 사실이야말로 타이 정권의 안정의 한 중요한 이유가 되고 있는 것이다. 나 자신도 그러했지만 지금도 한국인들의 대부분은 동남아에서 한국이 가장 앞선 문화를 가지고 있다고 생각하리라 믿는다. 그러나 나는 방콕을 보고 나서 그러한 나의 생각이 하나의 환상이라는 것을 깨달았다. 물론 시간적 차이를 생각하지 않을 수 없다. 타이의 그 사원들은 세워진 지 몇백 년밖에 되지 않는다. 그러나 우리에게 남아 있는 것은 무엇인가? 모두들 입에 거품을 물고 내세우는 석굴암과 불국사 그리고 해인사…… 등에서 외국인들이 그토록 큰 전통의 힘을 느낄 수 있을까? 도시 계획만 하더라도 그렇다. 몇 개의 길만 막히면 온 도시가 다 교통마비 현상을 일으키는 상태의 서울이 과연 잘 다듬어진 도시인가? 전국에 4천만 대의 자동차를 갖고 있고 파리에만 3백만 대의 차가 있다는 프랑스의 교통과, 단 8만 대의 차로 교통 체증을 일으키는 서울의 교통 ─ 그것은 비교하기조차 서러운 현상이다.

나는 방콕을 떠나는 비행기 속에서, 한국을 떠나면서 머릿속에 가지고 온 반만 년 배달 민족이니, 우수한 재능을 가진 민족이니 하는 따위의 말들을 지워버리기로 작정하였다. 그렇게 하니까 비행기 속에서 갑자기 한국이 견딜 수 없이 작은 나라로 느껴지기 시작하였고, 그 작은 나라에 대한 뜨거운 사랑이 내 몸속에서 솟아 나오는 것을 느꼈다. 콤플렉스란 그것을 승화시키지 못할 때 부정적 힘으로 변한다. 그러나 그것이 승화될 때 그것은 한없는 창조력의 근원을 이룬다. 우리는 남의 나라의 차관借款을 도입하거나 기술을 도입하고, 교육 제도를 도입하기 위해 5천 년의 빛나는 역사를 가지고 있는 것이 아니다. 5천 년의 역사는 이곳에서 한국인들이 다른 민족들과 마찬가지로 행복하게 살 수 있어야 역사로서 가치를 가질 수 있는 것이다.

외국에 나갔다 돌아온 한국인들의 대부분이 한국에 대한 지독한 모멸감을 가지고 있다는 것을 우리는 직시

할 필요가 있다. 지나친 과장은 지나친 혐오로 변한다. 그 과장이 사실이 아니라는 것이 곧 증명되기 때문이다. 그러나 그 과장이 사실이 아니고, 우리는 아직도 세계 문명의 앞길에 나와 있는 것이 아니라는 것을 솔직히 인정할 때, 한국이라는 내 조국의 비참함이 가슴 깊숙이 차오르면서 나를 뜨겁게 불태웠다. 우리는 그것을 극복하기 위해 자칫하면 식민 교육植民教育이 될지도 모르는 위험을 무릅쓰고 외국에 나가는 것이다. 조국의 산하와 풍속, 그리고 가족을 떠나서 조국을 미워하기 위해 외국에 가는 사람이 어디 있으랴!

방콕에서 내 나라도 어느 정도는 그것에 침윤浸潤되어 있는 불교문화의 현장을 보았다면, 로마에서 나는 개화기 이후의 한국 문화의 중요한 기둥 중의 하나를 이루는 기독교 문화의 현장을 보았다. 방콕에서와 마찬가지로 그곳에서도 하루밖에 있을 수 없었으므로 로마의 모든 것을 구경할 수는 없었다.

관광 안내서에는 아침에는 지하 묘지와 두 개의 대사원, 그리고 콜로세움을 볼 수 있고, 오후에는 베드로 사원과 판테온을 볼 수 있다고 적혀 있었다. 나는 오후에는 베드로 사원 대신에 티볼리의 분수를 보기로 작정하였기 때문에 아침에 볼 수 있는 것만을 볼 수밖에 없었다. 내가 보게 된 두 개의 사원은 사도 바울의 두개골이 안치되어 있다는 성 장 드 라트랑 사원Basilique de Saint Jean de Latran과 성벽 밖의 바울 사원Basilique de Saint Paul-hors-les-Murs이었다. 그곳에서 나는 성경에서 이름만 볼 수 있었던 여러 사도使徒들의 조각을 보았다. 그것은 하나의 계시와도 같았다. 성경 속에서 생활과는 관계없는 것으로 알고 있었던, 다시 말해서 실체를 완전히 제거해버린 채 하나의 정신으로만 생각해온 인물들이 형체를 가지고 내 앞에 있는 것이다. 다메섹으로 가는 길 위에서 그리스도를 만나고서야 드디어 개종改宗을 한 저 의심 많던 바울의 두개골과 유골이 내 앞에 있다! 인간이 거기에 있다! 그러한 생각은 로마 제국의 박해를 피해 지하에 수많은 지하 묘지와 제단을 마련한 옛날 기독교인들의 묘지catacombe와 그곳으로 가는 도중에 본 "주여 어디로 가시나이까Domine Quo Vadis"라고 사도 베드로가 주主에게 물어본 길에서도 떠나지 않았다. 아무런 현대식 기계도 없었을 고대에 수십 킬로미터에 달하는 지하로를 3, 4층씩 층을 만들어가며 만들어놓은 기독교인들의 집념은 그것 자체가 하나의 경이였다. 지하 묘지에서 나를 비롯한 관광객들을 안내하던 한 젊은 사제는 곳곳에 산재해 있는 옛 기독교인들의 관과 그 관이 누워 있던 자리, 지하로 속의 샘, 그리고 무엇보다도 몇백 년 전에 씌어진 벽 위의 낙서를 하나하나 자세히 설명해주었다. 관이나 제단은 사실 현실감을 불러일으키지 않는다. 그러나 오래전에 그곳에서 인간들이 무엇을 생각하고 무엇에 대하여 썼다는 사실은 하나의 생생한 현실감을 나에게 전해주었다. 그 속에서 인간은 장난을 한 것이 아니라 무엇인가 의미 있는 작업을 한 것이다. 그 작업은 생존의 의미를 발견하는 작업이다. 지하 묘지가 나에게 준 감동에 비하면 콜로세움이나 티볼리의 분수를 보러 가면서 보게 된 하드리아누스 황제의 저택은 거의 아무런 감동도 전해주지 않았다. 로마 교외인 티볼리에서 석재石材를 운반해와서 지었다는 콜로세움이나, 유르스나르가 인간만이 존재하고 있었던 시대의 인간이라고 부르고 있는 하드리아누스 황제의 저택은 인간 능력의 무한함을 보여주기는 하였지만, 그 능력이 인간을 위해서 쓰인 것이 아니라 한 인간의 놀이를 위해서 쓰인 것이라는 점에서 매우 저항감을 느끼게 하는 것이었다. 인간에게 놀이가 필요한 것은 사실이다. 그러나 놀이는 문화를 만들어내지 못한다. 문화는 인간 내부에 숨어 있는 인간을 동물화하려는 모든 노력과의 싸움 끝에 얻어지는 어떤 형태이다. 놀이는 인간 내부의 욕망을 순간적으로 무화無化시킴으로써 자기 존재의 허무를 보지 못하게 한다. 지금은 로마의 중요한 관광 코스 중의 하나가 된 콜로세움의 돌들을 로마인들이 대사원을 짓기 위해서 사정없이 뜯어 가버렸다는 사실은 그런 의미에서 나에게는 의미 있는 행위처럼 생각되었다.

하루 정도의 시차時差를 두고 보게 된 방콕의 불교문화와 로마의 기독교 문화는 나에게 많은 당황감을 불러일으켰지만, 반면에 하나의 확신을 나에게 전해주었다. 그것은 세계는 넓다는 것, 세계에는 여러 형태의 인간들이 살고 있으며, 그 인간들은 어떤 형태로든지 서로의 의

사를 소통하고 있다는 것이다. 불교문화는 기독교 문화를 통해서, 기독교 문화는 불교문화를 통해서, 그 자신의 것과 다른 형태의 인간이 다른 문화를 산출해냈다는 것을 확인하고, 그럼으로써 인간의 다양함을 깨닫는다. 그 깨달음이야말로 인간을 갇혀 있게 하지 않는 힘이다. 다양한 인간이라는 표현은 인간이 다양한 형태의 도전을 받고 있음을 뜻한다. 인간은 어떤 의미에서건 주위 환경의 도전을 받고 있으며, 그 도전이 집요하면 할수록 그것은 압력으로 변한다. 문화는 그런 억눌림에 대한 인간의 싸움의 결과이다. 문화는 그러므로 억압의 소산이다. 어떤 형태의 문화는 그 문화를 산출한 인간을 어떻게 주위 환경이 억압했는가를 보여준다. 불교문화의 자비, 기독교 문화의 사랑은 각각 그 문화의 비밀 중의 하나를 쥐고 있다. 종교는 문화의 가장 예민한 성감대 중의 하나이다. 그것을 가능하게 한 인간의 욕망과 종교는 직결되어 있기 때문이다. 억압을 형태 있게 표현하는 방법 중에서 가장 예민한 것이 종교인 것이다. 종교 없는 민족에게는 억압이 없다. 억압이 무엇인가를 아직까지 발견하지 못한 상태에 있다고 표현하는 것이 더욱 옳을 것이다. 자기의 종교를 세워나가는 과정이야말로 자기의 콤플렉스를 승화시키는 과정이다. 그리고 그 과정 속에서 인간은 자신의 전통을 세우는 것이다. 그렇다면 한국은 어떤 전통을 세워가고 있는 것일까? 한국인들은 그들을 억압하는 어떤 힘과 싸우며, 어떤 종교를 만들어내고 있는가? 방콕과 로마의 사원을 보고 난 뒤에 나는 극동의 한반도에 자리 잡고 있는 주변 문화국의 문화 현상을 생각해보았다. 파리로 가는 비행기를 타기 위해서 로마의 공항에서 서너 시간을 기다리면서 생각한 나의 조국은 방콕에서 생각한 것보다 더욱 작았고, 대신 더욱더 반사적으로 조국에 대한 사랑은 내 가슴속에서 뜨겁게 타올랐다. 마침내 비행기가 로마 공항을 떠날 때 귀가 멍멍해진 것은 갑작스러운 이륙으로 생긴 공기의 압력 때문이 아니라, 내 가슴속에서 불타고 있던 조국에 대한 사랑 때문이었다. 우리도 우리를 억압하는 힘과 싸워 그것을 승화시키지 않으면 안 되는 것이다.

(1974)

140

이솝의 신 포도

브뤼셀

몽펠리에에서 온 두 명의 친구와 함께 부활절 방학 때 나는 암스테르담으로 길을 떠났다. 몽펠리에에서 공부하는 한 친구가 『파랑새』를 쓴 마테를링크를 연구하려 하고 있어, 그에 관한 자료를 모으러 브뤼셀에 가야겠다는 전갈을 보내와서, 고흐를 못 봐 안절부절못하고 있던 내게 여행을 떠날 용기를 준 것이었다. 손바닥보다 더 작은 방에서 한 일주일을 꼼짝하지 않고 들어앉아 책만 읽다 보면, 나중에는 이상스러운 초조감과 알 수 없는 불만이 가슴을 채운다. 그러면 떠나지 않을 도리가 없는 것인데, 기회는 안성맞춤이었다. 뤽상부르에서 기차를 갈아타고 앉아서 잡담을 하고 있노라니까 갑자기 옆에 앉아 있던 점잖은 노인 한 사람이 말을 건네왔다. 지금 막 화장실에 간 자기 친구와 내기를 했는데, 당신들이 일본인인가 중국인인가 하는 것이었다. 우리는 일본인도 아니고, 중국인도 아니다, 우리는 한국인이다라고 그러니까 껄껄거리고 웃다가, 화장실에서 돌아온 친구에게 우리 둘 다 틀렸다고 즐거운 표정으로 말했다. 바로 그 사람의 신세를 상당히 졌다. 브뤼셀에 대한 자세한 설명과 함께 자기 조카가 은행에서 일하고 있으니까 돈 바꾸는 데 편의를 보아주겠다며 브뤼셀 국제역에서 부득부득 맥주를 한잔 사겠다는 것이었다. 구라파 역사에 대한 해박한 지식을 갖고 있는 그는 알고 보니 그야말로 귀족 출신이었다. 그가 설명하고 있는 구라파 역사, 특히 근세사는 바로 그의 집안과 관계되어 있는 것이었다. 브뤼셀 국제역에서 동양인에게 맥주를 사주며, 뤽상부르 귀족 애기를 하는, 국적은 벨기에인인 노신사. 실례했다는 인사에 그는 돈을 무덤에까지 가지고 갈 수는 없는 노릇이 아니냐며, 파안대소였다. 그야말로 구라파 부르주아지의 관대 그 자체를 보는 것 같았다. 몽테를랑은 그 자신이 대부르주아지였지만,

부르주아지의 특성이란 관대라고 말하고서 그것이 돈에 여유가 있기 때문에 생겨난 것이라고 꼬집듯이 말하고 있다. 과연! 돈이 많으면 누군들 멋 부리고 싶지 않으랴. 역에서 헤어지면서 그는 전화번호를 주더니 다음 날 오후에 연락하라고 말했다. 다음 날 그곳을 떠나면서, 미안하지만 그냥 간다는 전화 한마디도 나는 못 했다. 아마도 귀족 특유의 관대함으로 또 좋게 해석했을 것이다. 마테를링크의 흔적을 찾아 브뤼셀에 온 세 동양인에 대해서 말이다.

암스테르담

암스테르담은 마음에 쏙 드는 아름다운 도시였다. 브뤼셀처럼 구라파식도 아니고 미국식도 아닌 어정쩡한 도시가 아니라, 그곳은 상처를 많이 입었으나 그럼에도 불구하고 그 나름의 짙은 품위를 갖고 있는 도시였다. 구라파 북쪽에서는 언제나 만나게 되는, 우산을 쓰기에는 지나치게 빗발이 가늘고, 그냥 맞고 걸어 다니기에는 지나치게 습기가 많은 비와, 수를 셀 수도 없을 정도로 많은 운하, 그리고 식민 제국 시대의 숱한 일화들을 간직한 오래된 건물들, 그리고 또 거리의 곳곳에 서 있는 꽃 장수들…… 그러다가 그곳을 떠나기 전날 기념품을 좀 살까 하고 들른 기념품 가게에서 예의 라틴 민족의 기질을 그대로 가지고 거기에서 장사를 하고 있는 한 이탈리아인을 만났다. 그는 그 상점 주인이었다. 국립박물관에서 얼마 멀지 않은 곳에서 장사를 하고 있는 그는 우리가 들어가서 이것저것을 기웃거리자 그것은 사지 마라, 저것은 괜찮다, 그러면서 코치를 하더니 급기야는 맥주를 내놓으며 한잔 마시라고 그랬다. 담배를 한 개비 권하면 반시간 후쯤 정확하게 담배 한 개비를 권해오는 구라파인들의 개인주의에 물려서, 그것도 돈을 내라는 것이 아닐까 생각해서, 지나치게 친절하면 오히려 어색하다면서 사양하는 우리에게 그는 안심하라면서 마시라는 것이었다. 맥주 싫어하세요? 좋아하면 먹는 게 좋아요,라는 것이었다. 그는 로마의 싸구려 호텔에서 만난 한 보이를 상기시켜주었다. 그 역시 다시 로마에 들르면 좋은 아가씨를 소개해줄 테니 꼭 다시 들러 자기를 찾아달라는 것이었다. 부인이 있는 몸이라는 대답에, 지금 곁에는 없지 않으냐며 깔깔거리던 그를 그 후에 우연하게도 하이델베르크의 고성古城에서 볼 수 있었다. 그 가게 주인은 그러면서 물건값을 상당히 할인해주었다. 학생들이 무슨 돈이 있겠느냐는 것이었다. 아니 그러면 장사는 안 할 작정이오 하는 내 말이 끝나기도 전에 새로 들어온 관광객에게 우리가 산 것과 같은 것에 거의 몇 배의 값을 태연하게 부르는 것이었다. 돈 있는 사람에겐 비싸게, 돈 없는 사람에겐 싸게! 가게 주인치고는 멋쟁이였다. 드디어 맥주를 딴 우리에게 그도 한 병을 따더니 그것을 마시면서 암스테르담에서 교통비를 들이지 않고 전차를 타는 법을 강의하는 것이었다. 대부분의 구라파 전차에는 검표원이 없다. 인건비가 비싸기 때문이다. 대신 감독관이 수시로 드나든다. 그러니 전차에 그냥 탔다가 뒤나 앞으로 감독관이 타거든 그 반대 방향으로 내리면 된다는 것이었다. 감독관은 반드시 유니폼을 입게 되어 있어서, 쉽게 알아볼 수 있다는 얘기였다. 그리고 그는 덧붙였다. 우리가 세금을 얼마나 내는 줄 아세요? 그러니 공차를 타는 게 심리적으로 좋아요. 나도 만일을 위해 전차표를 한 권 사가지고 다니지만 요 두서너 달 동안에 두 장밖에 안 썼어요. 세상은 즐겁게 살기 위해 우리 앞에 있다는 듯이 거침없고 구김살 없이 살아가는 그 이탈리아인이 나에게는, 세금을 바치고 마누라에게 시달리는 한 소시민이 아니라, 피터팬의 세계에서 나를 골리기 위해 갑자기 뛰쳐나온 희극 배우같았다.

동전

국경을 넘어가면 그 옆 나라의 지폐는 아무리 소액이라도 그 나라 돈으로 바꿔주지만, 동전은 아무리 액수가 많아도 바꿔주지 않는다. 그래서 대부분 여행객들은 국경도시에서 하다못해 초콜릿이라도 사서 동전을 없애려고 애를 쓴다. 그 나라 물가에 어둡기 때문에 항상 여행객의 주머니에는 큰돈을 내놓고 거스름돈으로 받은 동전이 넘쳐난다. 초콜릿도 못 사먹으면, 나는 음, 이제부터 각국의 동전 수집이다, 라고 생각하곤 하였다. 동전은 저 이솝의 신 포도인 것이다.

서구의 축제와 동양인

프랑스의 연말은 크리스마스 방학과 함께 시작된다. 12월 20일부터 1월 6일에 이르는 약 15일간의 크리스마스 방학을, 나는 스트라스부르에서 시작하여 알프스를 넘어 발레리의 '해변의 묘지'가 누워 있는 세트에서 끝내는 바쁜 여행으로 보냈다. 그것은 짧은 여행이었지만, 북구北歐의 음울하고 사색적인 폐쇄적 성격과 남불南佛의 밝고 정열적인 개방적 성격을 충분히 이해할 수 있게 해준 값진 여행이었다. 더구나 다행이었던 것은, 내가 편승을 하게 된 자동차의 주인이 스트라스부르에 집을 가지고 있으면서 남불에서 경제학을 공부하고 있는 젊은 학생이었기 때문에, 그를 통해서 남북의 차이와 함께 젊은 프랑스인의 생활 방식을 볼 수 있었던 것이었다. 스트라스부르에서 맞이한 크리스마스는 그것이 정말로 서구적인 축제이며, 가족적이라는 것을 실감 나게 해주었다. 12월 초순경부터 거리에 오색등이 장식되기 시작하더니 중심가에 이르는 커다란 길가에 간이 상점들이 들어서기 시작했다. 대개 과자와 장난감을 파는 상점들인데 젊은 부부들과 어린애를 데리고 나온 중년 부부들이 고객이었다. 스물대여섯밖에 들어 보이지 않는 젊은 여인이 한 손에 어린아이를 안고, 방금 구워낸 과자를 먹으며 그녀의 남편임이 분명한 장발의 사내와 시시덕거린다. 흔히 볼 수 있는 그런 광경은 정말 보기에 아름다운 광경이었다. 혼자 쓸쓸하게 24일 저녁을 준비하는 것은 기숙사에 남아 있는 외국인 학생들 몇이고, 24일 저녁 6시가 넘어서자 거리는 완전 철시한 듯 사람을 구경할 수가 없었다. 모두들 가족과 함께 크리스마스를 보내기 위해 그들의 집으로 들어가버린 것이었다. 버스, 택시가 모두 끊기고, 모든 상점들이 문을 닫는다. 간단없이 내리는 부슬비를 맞으며, 거리를 지나다니는 것은 외국인 관광객들과, 아무 곳에서도 초대받지 못하였고 아무런 회합에도 참여하지 못한 외국인 학생들뿐이다. 나 자신도 그런 외국인 학생의 하나로

서, 근 두 시간 이상을 헤맨 끝에야 겨우 미리 약속되어
있던 곳으로 갈 수가 있었다.

　7시에 차가 끊긴다는 것을 알 수 없는 이방인으로서,
7시 반의 약속 시간에 맞추어 30분 전쯤에야 미련하게
버스 정거장으로 나간 것이 나의 불찰이었던 것이다. 계
속해서 내리는 습기 많은 북불北佛의 비, 아무도 보이지
않는 쓸쓸한 버스 정거장, 인적 없는 거리, 어둠…… 그런
것의 저편에 프랑스인의 단란한 크리스마스 저녁이 있었
다. 프랑스인의 크리스마스는 성인들의 축제가 아니다.
그것은 완전히 어린애들을 위한 축제이다. 어린애들에게
는 크리스마스야말로 흰 수염을 단 신사로 상징되는, 단
순한 축제 이상의 무엇이다. 어른들은 아이들이 무엇을
선물로 받고 싶어 하는가를 알아 그것을 준비한다. 그리
고 어린애들을 위해 그날 저녁을 완전히 할애한다. 어린
애들이야말로 서구 크리스마스의 주역인 것이다. 다른
신문은 말할 것도 없고, 지성인의 대변지라고 일컬어지는
『르 몽드』가 몇 주를 계속해서 선물 안내 특집을 꾸밀 정
도로 크리스마스는 대단한 축제이다.

스트라스부르에서 프랑스의 전형적인 크리스마스를 곁에서 들여다보고 지냈다면, 나는 남불의 한 아름다운 도시에서 완전히 개방적인 연말을 프랑스인들과 같이 지냈다. 연말의 밤새우기는 어린아이들이 완전히 배제된 어른들만의 축제이다. 북불의 어둡고 음울하고 습기 많은 기후를 벗어나 남불의 맑고 아름다운 해를 보는 것만으로도 나의 가슴은 밝게 부풀어 올랐다. 그것은 카페의 테라스에 앉아 있는 나에게 보이가 맥주를 한 잔 가져다주며 "해 좋지요?"라고 물을 때 가장 팽팽해졌다. 남불은 무엇보다도 해를 자랑하고 있는 것이다. 그 해야말로 반 고흐의 불타는 듯한 태양을 가능케 하고, 폴 발레리의 칼날같이 날카로운 지성을 가능케 한 해이다. 반 고흐가 몇 년을 그림만을 그리며 보낸 아를과 발레리의 세트, 특히 그곳에서 본 지중해를 불타게 만드는 해는, 습기 많고 항상 음울한 북쪽에 거주하고 있는 나를 완전히 매혹했다. 연말 저녁은 그야말로 축제 그것이었다. 카페란 카페는 전부 만원이었고, 거리는 경적을 울리며 달리는 자동차와 모터사이클, 그리고 술에 취한 젊은이들로 가득 차 있었다. 밤 12시 정각이 되자, 거기에 있던 모든 사람들은 "안녕하세요. 새해를 축하합니다"라고 외치며 생면 부지의 사람들끼리 볼에 입을 맞추는 것이었다. 처음 몇 번 수염이 텁수룩한 젊은이들에게 볼키스를 당했을 때는 어색하고 쑥스러웠으나, 내 자신이 "새해를 축하합니다"라고 소리 지르며 남을 껴안았을 때, 알 수 없는 환희가 가슴 깊숙한 곳에서 스며 나왔다. 약 한 시간가량 길거리를 돌아다니며 남을 껴안기도 하고, 남에게 껴안기기도 하다가, 카페에 들어가 맥주를 마실 때 나를 남불로 데려 온 스트라스부르 출신의 그 경제학도는 스트라스부르에서는 절대로 이런 식의 축제를 볼 수 없다고 말했다. 기후 때문인지 알 수 없지만 일반적으로 남불 사람들에 비해 북불 사람들은 덜 개방적이고 덜 사교적이다. 대신 한 번 사귀면 끝까지 잘 대해준다고 한다. 거기 비하면 남불 사람들의 행동은 경쾌하다고 표현할 수 있을 정도로 대담하고 개방적이다. 학생 사회를 예로 들더라도 스트라스부르, 낭시, 브장송, 리옹에 비해 그르노블, 엑스, 마르세유, 몽펠리에 편이 훨씬 개방적이다. 엑스 대학을 예로 들면, 여학생 기숙사에 남학생이 들어가 잘 수 없는 규칙 때문에 여학생들이 데모를 해서 그것을 폐지시킬 정도이다. 스트라스부르 같은 곳에서는 상상도 되지 않는 행동들이다. 두서너 잔씩 맥주를 마시고 어느 정도 주기酒氣가 올라 큰 소리로 모두들 노래를 부르기 시작했을 때에도, 보이가 너무 크게만 부르지 말라고 가볍게 충고했을 뿐, 주위의 모든 사람들(그 경제학도의 말을 빌면 소부르주아지들)은 오히려 박수를 치고 격려를 해주었고, 그곳을 드나드는 젊은이들은 계속 "새해를 축하한다"고 우리들에게 외쳐댔다. 나의 새해는 볼키스와 노래로 시작되었다.

이 이야기를 하다 보니까 한 가지 추가할 필요성을 느낀다. 그것은 프랑스 젊은이들의 생활 태도이다. 나를 스트라스부르에서 세트까지 운반해준 그 경제학도는 여행 내내 미리 정한 계획대로 언제나 일을 이끌어가려고 애를 썼고 계획 없이 아무 곳에서나 쓰러져 자고 다시 일어나 떠나는 식의 여행을 몹시 싫어했다. 나와 나의 동료인 김치수 형은 그에게 동양적 직관과 우연을 설명하려고 애를 썼으나, 그는 끝내 우리의 행동을 마치 동물원 속의 짐승의 그것을 보듯 멀리 떨어져 보고만 있었다. 님과 세트에서 도데와 발레리의 생가를 꼭 방문해야 되겠다는 나에게 그는 그 집도 다른 집과 마찬가지의 집인데, 뭐 하려고 자꾸 보려고 그러느냐고 불평했다. 그의 그 말 뒤에서, 나는 카메라를 메고 명성 높은 곳만을 찾아다닐 뿐 프랑스의 진짜 모습을 보려고 애쓰지는 않는 외국 관광객에 대한 연민과 불평을 동시에 읽었다. 나야말로 사람이 사는 방법에는 전연 주의를 하지 않고, 문화적이라고 알려진 것만을 쫓아다니는 문화병 환자가 아닌가 하는 생각을 하게 되었을 때, 나는 계속 풍자만화만을 읽고 있는 그의 정신적 아픔을 이해할 수도 있을 것 같았다.

아르파공의 절망과 탄식

아르파공은 몰리에르의 『수전노守錢奴』에 나오는 수전노이다. 바슐라르는 하찮은 것도 버리지 못하고 그것을 간직하려는 인간의 심리적 복합체를 아르파공 콤플렉스라고 불렀다. 이 단장斷章은 아르파공 콤플렉스에 심하게 걸린 한 비평가의 싸구려 재산 목록이다.

1

1974년 10월 2일 17시 30분, 나는 김포공항을 떠났다. 1년 예정으로 프랑스에 가는 길이었다. 비행기 속에서 바라다본 하늘은 인간들의 희망·절망·기대·환멸 따위와는 아무런 관계없이 아름다웠다. 구름 속에서 햇빛을 받은 구름이 밝게, 어둠과 완전한 대조를 이루면서 환하게 빛나고 있는 것을 보는 것은 정말로 즐거웠다. 10시에 내린 홍콩은 더러운 간판투성이의 영국식 도시였다. 정들지 아니한 도시란, 처음 그곳에 간 방문객들에게 얼마나 생소하게 느껴지는 것이랴.

2

홍콩의 국제선 대합실에서는 세계 각국의 여행사들의 간판을 볼 수 있었다. KAL의 간판도 보였으나, 그곳은 굳게 닫혀 있었다. 파장 판의 가게보다도 더 스산스러운 창구였다.

3

방콕에서부터 벌써 나는 내가 서울에 남겨두고 떠나온 사람들의 생각에 사로잡혔다. 낯선 거리의 이곳저곳에서 내가 얼마 전에 그들과 악수를 하고 헤어진 사람들의 신기루가 생겨나는 것이었다. 인간에게는 결핍되어 있는 것을 더욱 생각하는 악습이 있는 모양이었다. 결핍으로서의 존재는 그러나 사르트르가 자세하게 분석하고 있는 잉여로서의 존재가 아니다. 잉여로서의 존재에게는 모든 것이 의미를 잃고 제멋대로 세계 속에 자리 잡고 있는 것이지만, 결핍으로서의 존재에게는 모든 것이 지나치게 절실한 의미를 갖고, 그의 의식의 세계 속에 질서 정연하게 자리 잡고 있는 것이다. 결핍을 사랑한다는 것은 세계에 의미를 주려고 애를 쓴다는 뜻이다.

4

방콕의 한국 음식점에서, 나는 떠난 지 며칠 되지 않아서 그렇게 절실하게 그 필요성을 느끼지 않으면서도 김치와 각두기, 된장찌개 등을 시켜 먹었다. 인간이란, 어렸을 때 맛있다고 생각한 것만을 계속 먹으려 한다. 그것은 그를 안심시켜주기 때문이다. 사람은 예견할 수 없는 것을 본능적으로 기피한다. 특히 그것이 음식일 때에는, 어지간한 용기가 없는 한, 한 번도 시식해보지 않은 것을 먹기란 여간 힘든 일이 아니다. 그래서 한 번도 먹어보지 않은 것을 먹을 때는, 과거에 먹은 것 중에서 그것에 가장 가까운 것을 생각해내고, 그 맛을 되살리고 그 모양과 색깔을 생각해가며 그것을 먹게 되는 것이다. 그런 연상이 불가능할 때, 음식은 즐거움을 주지 않는다.

5

로마에서, 나는 내가 처음 서울에 내렸을 때 느낀 이후로, 전연 느껴본 적이 없는 당황감과 초조감을 느꼈다. 고등학교 입학시험을 치르기 위해서 서울에 처음 내렸을 때, 그 휘황찬란하던 불빛과 전차 선로 등이 나에게 준 충격을 나는 근 20년을 서울에서 살면서 습관으로 만들어버렸다. 충격은 습관이 되면서 놀람을 잃어버린다. 그래서 사람들은 일상인이 되어가는 것이다. 눈을 감고도, 술에 완전히 사로잡혀 있으면서도, 다시 말해서 의식을 잠재위도, 그의 육체는 그가 쉴 곳을 찾아낸다. 그러나 근 20년 만에 완전히 다른 도시에 왔을 때 20년 전의 그 충격이 다시 나를 사로잡았다. 여행 안내소의 버스를 타고 로마 시내를 구경한 뒤에, 내가 투숙하고 있는 호텔로 되돌아갈 때, 그리고 운전사가 실수로 내 호텔을 지나쳐버렸다는 것을 알았을 때, 그래서 한 시간 이상을, 이제는 불마저 꺼져버린 구舊 로마시를 헤매고 있을 때, 나는 다시는 그 호텔로 내가 돌아갈 수 없으리라는 처참한 느낌에 사로잡혔고, 그것은 나를 극도로 불안하게 만들었다. 불안하고 초조한 가운데서 바라본 밤의 로마 시가는 거대한 미궁처럼 보였다. 그 미궁 속에서 사람들은 어떻게 아리아드네의 실을 찾아내는 것일까. 그 버스 속에서 나는 내가 벌써 크지도 못하고 늙어버린 한 마리 생쥐에 지나지 않는다는 것을 깨달았다. 불안한 생쥐는 자기 방 속에서만 편안스러운 것이다.

6

모르는 사람들 틈에 있고 싶다. 매일 나무 우거진 공원길을 산보하고 싶다. 오후 7시면 카페에 나가 모르는 사람들 틈에 끼어 맥주를 마신다. 그래 네가 그토록 원하던 모든 것을 이제는 할 수 있다. 그러니 행복한가?

7

혼자 있을 때 음악이 사람을 얼마나 진정시켜주는가를 발견했다. 그러나 내가 계속 더 듣고 싶은데도, 라디오에서는 과감하게 다른 곡으로 넘어가버린다.

8

모르는 사람들 틈에 끼어 있으면, 말이 입술을 견딜
수 없이 간지럽힌다. 무슨 말을 하고 싶은 게다.

9

무엇인가를 기다린다는 것은 일이 그렇게 되어주기를
바란다는 뜻이다. 일이 그렇게 되기를 바라지 않을 때, 우
리는 기다리지 않는다.

10

내가 한참을 거주하게 될 스트라스부르의 중심지인
클레베르 광장을 처음 지날 때 나는 내가 지금 실제의 세
계에서 살고 있는 것이 아니라, 이상한 앨리스의 세계, 환
상의 세계 속에서 살고 있다는 착각을 하였다. 저녁 5시
경이었다. 노란 가로등이 켜지고, 부슬비가 내리고 있었
다. 알자스 특유의, 집의 대들보들이 건물 밖에서 다 보

이게 만들어져 있는 집들이, 흰 회벽과 갈색 나무의 대조와 함께 이것이 실제의 세계에 있는 것이 아니라는 환상을 자꾸 불어넣는 것이었다. 그것은 오히려 영화 세트 같았다. 그것은 그러나 아름다웠다. 그 아름다움에 복수하듯 나는 이렇게 적었다. "그 착각 속에는 불안이나 초조가 아니라 당황이 자리 잡고 있었다. 질서 정연한 거리와 집. 융은 서구인의 의식이야말로 인간이 자연에서 떼내어 온 것이라고 말했다. 그렇다면 그들의 집도 자연에서 떼내어 온 것들인가. 적어도 지금까지는 그 인위적인 것이 정말 싫다. 아무렇게나 되는대로 사는 사람들에게 복 있을지어다." 이 대목을 쓰고 났을 때, 이상하게도 나는 부끄러움을 느꼈다.

11

질서가 인간에 대한 무관심에서 기인하는 것인가, 아니면 깊은 그러나 밖으로 드러나지 아니하는 관심에서 기인하는 것인가? 질서가 무관심에서 기인하는 것이라면 혼란은 관심에서 기인하는 것일 것이다.

12

스트라스부르에서 내가 제일 좋아한 산보길 중의 하나가 관상대 옆길이다. 처음 그 길을 지나갔을 때, 발목까지 빠지도록 쌓여 있는 낙엽과, 관상대 정원과 길을 구별하기 위해 쳐놓은 철책, 그리고 앙상한 나무들은 나를 완전히 사로잡았다. 그 관상대 길을 지나면, 조그마한 광장이 나오고, 그 앞에 아담한 성당이 하나 서 있다. 10월 어느 날, 나는 그 성당 앞에서 기이한 체험을 하였다. 고딕식의 첨탑 위에 서 있는 십자가를 바라다보고 있노라니까, 그 건물 전체가 나에게로 자꾸만 넘어져 오는 것이었다. 이상해서 시선을 다른 곳으로 돌린 후에 다시 바라다보았으나, 여전히 그러했다. 아마도 그 탑 뒤로 지나간 검은 구름 때문이었을 것이다.

13

1974년 10월 20일 오후 6시의 잔광殘光 속에서 비를 만났다. 대학 구내에 서 있으려니까, 멀리 시커먼 건물과 검푸른 잔디가 보였고, 그 잔디 곁의 소로에서 허리 굽은 두 노인이(아마도 부부였을 것이다) 천천히 걸어오는 것이 보였다. 그 두 노인이 이상하게 나의 주의를 끌었다. 그 풍경 속에서는, 그 노인들까지가 인간이 아니라 풍경의 한 부분을 이루고 있었다. 말하자면 그들은 움직이면서 정지되어 있는 것이었다. 그들의 움직임은 그것이 바로 정지였다.

14

도서관에서 책을 읽다가 나는 왜 자기 정신의 발전에 대해서 사람들이 잘 모르는가 하는 이유를 발견했다. 사람들은 자신 속의 내적 힘 때문에 자신을 객관화시키기가 힘든 것이다. 그 내적 힘을 가능한 한 의식화시킨다. 그래서 자신의 욕망을 밖으로 드러낸다. 그것이 자아 관찰이라는 것에 합당한 것이 아닐까. 욕망이여, 네가 바라는 것을 말해다오. 그러면 나는 너에게 네가 무엇인가 하는 것을 말해주겠다. 자기 자신의 발전의 단계가 환하게 보일 때까지, 자기를 객관화할 것. 그 경우 자신은 어디에 있는 것일까? 자신을 객관화하는 힘 속에 있는 것인가? 아니면 객관화된 자기 속에 있는 것일까? 타인들이 보는 자기란 객관화된 자기일 것이다. 그러나 그것은 자아가 아니고, 오히려 타아他我가 아닐까.

15

빨래를 몇 번 했더니 살갗이 벗겨진다. 발가락 사이의 살갗이 벗겨지는 것도 많이 걷기 때문일 것이다. 육체라는 것이 그렇게 약한 것일까. 탄식, 탄식.

16

프랑스의 지적 힘은 사회의 한구석에서 일어나고 있는 일을 구석의 일로만 남겨두지 않고, 그것을 사회의 문제로 확대시키는 데 있다. 내가 알 게 뭐냐가 안 되는 것이다.

17

텔레비전을 보고, 식량 문제의 심각성을 절실하게 느꼈다. 프랑스가 세계의 지성을 대표할 수 있다고 한다면 우선 자기에게 관계없는 것처럼 보이는 것이 자기에게 관계없는 것이 아니라는 것을 프랑스가 알고 있기 때문일 것이다. 자기에게 관계없는 것이 세계에 어디 있으랴. 인간이나 세계를 이해해가는 과정은 자기에게 관계없는 것처럼 보이는 것이 적어져가는 과정과 대응한다.

18

스트라스부르에서 혼자 근 20일을 산 후에 처음으로 한국인을 만났을 때의 일을 나는 잊지 못한다. 완전히 단절된 세계에서, 얼굴도 잘 구별할 수 없는 서양인들과 말을 주고받다가, 갑자기 한국인을 만나 한국말을 하려니까, 한국어가 불어와 마찬가지로 어눌하게, 구문이 잘 맞지 않게 나오는 것이었다. 후에 생각해보니, 외국에서 외국어를 배우는 과정은 모국어의 문법 구조를 재확인, 검토하는 과정과 밀접히 대응되어 있는 모양이었다.

19

사람은 생각하기 전에 바란다. 꿈을 꾸는 것이다. 그

래서 꿈이 현실로 되는 과정을 생각한다. 꿈을 꾸지 않는 자처럼 불행한 자는 없을 것이다. 삶이 활기를 띠는 것은 그 꿈의 불가능성 때문이다. 불가능성이야말로 건조한 현실에 알맞은 물기를 부여해주는 원료인 것이다.

20

인간은 자기 환상의 노예이다. 그는 항상 자기 안에 그리고 자기 뒤에 유령을 데리고 산다. 때때로 그는 그의 앞에서도 유령을 본다. 술에 취해 있거나, 눈이 눈의 역할을 하기를 포기했을 때에 말이다.

21

구라파의 도시는 성당과 박물관으로 이루어져 있다. 수백 년 걸려 지은 성당에 가보면, 놀랍게도 언제나 신자信者들이 붐비고 있다. 그들의 일용할 양식을 찾는 사람들이다. 박물관도 그렇다. 무인 설명기 앞에 앉아서 과거의 문명에 대해 귀를 기울이고 있는 노파, 노인 들을 본다. 그들은 심심해서 그렇게 앉아 있는 것일까, 아니면 정

166

말 무엇을 알기 위해서 그런 것일까. 그들에게는 박물관이 그들의 장신구와 같은 것인지도 모른다. 그러니까 이곳에서 들은 한 객담이 생각난다. 음악회에서 나오면서 무엇인가 말은 해야 하겠으므로 한 노인이 말한다. 그 음악에는 뭔가 신비스러운 것이 있었어요. 그러면 다른 노인이 받는다. 그래요, 뭔가 감미스럽고 즐거운 것이 있었어요. 그러면 다른 노인이 또 받는다. 그래요, 뭔가 재미있는 것이 있었어요. 그 뭔가는 끝내 밝혀지지 않지만, 그 뭔가에 대해서 그래도 얘기한다. 그 뭔가가 나에게는 항상 궁금하지만, 그게 쉽게 만져지지 않는다. 그 뭔가는 구라파 자체이다.

22

본의 베토벤 하우스에서, 그의 귀머거리 시기를 상기시켜주는 보청기와 특수 피아노(보통은 건반을 죄는 줄이 세 개인데, 소리를 크게 내게 하기 위해서 그것은 네 줄로 만들어져 있었다)를 보았다. 인간은 정말 얼마나 많은 가능성을 갖고 있는 것일까. 선천성 매독 때문에 육체는 썩어가고, 반비례로 정신은 갈수록 순화되어간다. 그의 몸에서 났다는 냄새까지가 인간 노력의 극한을 보여주기 위한 준비물로 나에게는 생각되었다.

23

로렐라이는 굴곡이 심한 곳이었다. 아마도 그것에 수부水夫들의 주의를 환기시키기 위해 그 전설이 생겨난 모양이었다. 그 전설이 없었다면 얼마나 많은 충돌 사고가 있었을 것인가. 나의 그 생각이 지나치게 실용적 생각이라는 것을 나는 인정한다. 사실은 그 전설에 합당하게 그 굴곡이 생겨났을 것이다. 충돌을 피하기 위해서라면 표지판을 붙이는 것으로도 충분히 그것을 피하게 할 수 있었을 테니까 말이다. 고속도로에 수없이 붙어 있는 저 비인간적인 기호판들처럼.

24

구라파에서는 대부분의 오래된 도시들이 강을 끼고 발달되어 있다. 그래서 아름답다. 잘 억제된 물은 주위 환경을 아름답게 만든다.

25

1974년 11월 24일 브장송에서 나는 「라 보엠」을 보았
다. 이탈리아 가수들이 출연하는 오페라였는데, 수준 높
은 것이었다. 인상파의 그림들과 함께 그것이 구라파 부
르주아지 예술의 꽃이라는 것을 실감했다. 하지만 인구
13만의 도시에서 근 천여 명에 달하는 오페라 인구를 본
다는 것은 끔찍한 일이었다. 정장을 하고 부부 동반하여
공원을 가로질러 극장에 가고, 귀갓길의 차를 예약하고,
우아하게 옷을 현관에 맡기고, 프로그램을 보면서 필요
한 곳에서는 우레와 같은 박수를 치는 소도시의 부르주
아지들⋯⋯

26

1974년 11월 29일. 갑자기 매운탕이 먹고 싶어서, 그
것을 끓이다가 실패했다. 간을 맞출 수가 없는 것이었다.

27

　질베르 뒤랑에 의하면, 바슐라르에게 있어서 인간의
단일성을 보장해주는 것은 유년 시대라 한다. 그 유년 시
기를 상기시켜주는 감각이 후각이며 그 후각이 기억해내
는 냄새야말로 바로 그것을 기억해낼 수 있는 존재 그 자
체라 할 수 있다. 『밤의 종말로의 여행』에서 이미 셀린이
보여준 바 있고, 프루스트에 의해 미각·청각 등으로 확
인된 바 있는 감각 존재이다. 그렇다면 나는? 시골 길가
에서 맡을 수 있는 똥냄새. 스트라스부르의 교외에서 맡
은 냄새는 그러나 한국의 시골에서 맡은 그것이 아니었
다. 내 존재가 가장 깊이 그것에 매달려 있는 똥냄새는 그
것이 내 후각에 살아날 때마다 나를 즐겁게 만든다. 서울
에서, 특히 교양학부로 가는 길목에서 맡은 똥냄새의 정
다움. 드디어 나는 정다움이라는 단어를 냄새와 결부시
켜 찾아내었다. 냄새는 정다움을 동반한다. 존재의 심연
에는 정다움·즐거움 따위의 정감적 감정이 숨어 있어서,
객관적 세계 인식에 인식론적 장애물을 이루는 것이지만,
그러나 그것이야말로 세계 인식의 한 유형을 오히려 결

정해주는 것이다.

28

……그리고 모차르트의 아름다움.

29

1974년 12월 6일. 오늘은 도서관의 내 자리 곁에 스
트라스부르의 부르주아지임에 분명한 한 노신사가 앉았
다. 나는 그가 처음에 대학의 노교수가 아닐까 생각하였
으나, 그는 앉자마자 가방에서 『프랑스수아르』를 꺼내서
표제도 읽지 않고 크로스 워드로 곧장 달려갔다. 그것이
이상하게도 나를 실소失笑케 했다. 이 부르주아지의 머릿
속에는 지금 무엇이 들어 있는 것일까? 가로세로의 구멍
을 메우기 위해서, 그는 접속사에서부터 천문학 등에 이
르는 광범위한 인간의 지식을 단어로 집약시키고 있을
것이다. 단어로 집약시킨다. 그 단어 속에 들어 있는 인
간의 노력을 완전히 무화시키면서 말이다. 그 부르주아
지야말로 모차르트나 바흐의 음악을 들으면서 태연히

인간을 학살할 수 있는 개 같은 자식들의 후예인 것이다.
나는 그가 사르트르의 『구토』 속에서 갑자기 나를 놀라
게 하기 위해서, 아니 즐겁게 하기 위해서 튀어나온 희극
배우같이 느껴졌다. 도서관에 점잖게 앉아, 몇 시간이고
퀴즈 풀이에 전념하는 스트라스부르의 부르주아지 만
세!

30

불안은 의식인의 사치이다. 그것은 자기가 무엇을 요
구하고 있는가를 자신이 분명하게 알지 못할 때 생겨난
다. 그것은 대부분 초조를 동반한다. 그것은 걱정과는 전
연 다른 감정의 질이다.

31

어느 날 스트라스부르의 교외에서 스트라스부르의
두 한국인과 진탕 술을 마시고, 새벽 2시에 집으로 돌아
왔다. 12월이었기 때문에, 눈이 내렸고, 가로등 밑에서
그 눈은 하얗게 빛났다가 탈색되어 어둠 속으로 사라지

곤 하였다. 그것을 글로 묘사할 수 있는가 없는가를 연습해보았지만, 나로서는 그것이 불가능했다. 나에게 남은 것은 두 개의 연습 문장뿐이다. "보통 가로등의 두 배는 될 듯한 높은 가로등의 불빛 밑으로, 마치 존재의 하염없음을 보여주기라도 하려는 듯이 하루살이 떼처럼 눈발이 몰렸다가 흩어졌다, 몰렸다가 다시 흩어지곤 하였다" "허공 속을 하루살이 떼처럼 눈발이 습격해왔다 가는 바람에 불리어 어둠 속으로 사라지곤 하였다". 무엇을 정확히 묘사하는 것의 어려움.

32

내 동료들이 한국에서 무엇을 생각하고 고민하고 있을까를 때때로 생각한다. 마치 그들이 엉뚱한 것을 생각하고 있으리라고 믿듯이 말이다. 개새끼!

33

세계가, 내가 없어도 내가 있을 때와 똑같이 활기를 띠고 진행되리라는 것을 느낄 때의 허무감.

34

주인이 방을 비운 사이에 혼자 울리는 자명종처럼······

35

크리스마스 방학을 이용하여 남불 여행을 하는 도중에 프랑스 알프스산맥을 넘고서 보게 된 브리앙송이라는 작고 아담한 도시의 한 성당에서 나는 프랑스인들의 재치, 바로 그것을 다시 한번 볼 수 있었다. 그것은 노약자를 위한 금품 모집 방법이었다. 성당 앞에 커다란 망치와 통나무가 있고, 못 하나에 1프랑을 받고 그것을 파는 것이었다. 어떻게 하라는 것인가? 1프랑을 주고 못을 하나 사서, 그 통나무에 못을 박고 가라는 것이다. 확대 재생산이 필요 없는, 혹은 감가상각이 필요 없는 영구적인 모집 방법이다. 돈을 내게 하면서도 혀를 차게 만드는 그런 금품 모집이었다.

36

1975년 1월 3일, 나는 발레리의 고향인 세트에 도착했다. 그의 시구 그대로 해변을 바라보는 묘지에 그는 안장되어 있었는데, 그의 묘석에는 그의 「해변의 묘지」의 한 구절이 새겨져 있었다. "생각 뒤에 오는 오 상환이여, 신의 정일을 바라다보는 오랜 시선이여." 처음 몇 자는 삭아서 거의 보이지 않았고, 여행객들이 몇 명 그 앞에서 서성거리고 있었다. 그 옆의 상석床石 위에서 지중해를 바라다보니까, 그의 「해변의 묘지」의 시구가 의미하는 것을 즉물적으로 이해할 수 있었다. 지중해의 "계속 되풀이되는 바다"와 불꽃처럼 타오르는 파도. 그의 명료한 지성의 근원에 지중해의 빛나는 태양과 바다가 숨어 있음을 나는 그의 묘지에서 바로 깨달았다. 그 묘지 바로 뒤에 '발레리 박물관'이 세워져 있었다. 그곳의 발레리 전시관 앞에는 "예술 작품은 우리가 흔히 보는 것을 우리가 정말로 보지 못했다는 것을 가르쳐준다"는 그의 단장이 새겨져 있었다. 그의 수첩과 수채화-데생, 그리고 드가와 말라르메의 조상彫像은, 글쟁이가 되기 위해 선배를 부지런히 쫓아다니다가 그 뒤에는 모든 것을 다 포기해버리고 문인이라는 이름만을 즐기는 한국 문인들의 나태함과는 다른, 질긴 정신의 자기 단련을 보여주었다. 손바닥보다 조금 큰, 그의 스승이라고 할 수 있는 말라르메의 조상은 바로 그 자신을 보듯 깊은 감동을 나에게 전해주었다. 위대한 인간은 계속해서 사람들이 흔히 보면서도 정말로 보지 못한 것을 보고, 그것을 표현한다. 얼마 후에 한 친구에게 편지를 쓰면서 나는 물었다. "친구여, 너는 남들이 보고 있으면서도 보지 못한 무엇을 보고 있는가!" 세트 방문 중에서 서운했던 것은 그의 생가를 못 본 것이었다. 플레이아드판版에 나와 있는 그의 탄생 지역의 집을 찾아가보니, 옛집은 없어진 모양인지, 4층 집이 서 있는데, 식당·서점 등의 가게가 늘어서 있었다. 생가는 못 보았지만, 그 근처의 길에는 전부 발레리의 이름이 붙어 있어, 그곳이 그의 연고지임을 알게 해주었다. 그에 관한 아무런 흔적도 남아 있지 않은, 여느 아파트와 똑같은 컴컴한 입구와 계단만을 보고 나오면서, 나는 갑자기 내가 지독한 문화병 환자가 아닌가 하는 자기혐오증에 사로잡혔다. 어디서 어떻게 탄생했건, 그게 무슨 상관이란 말인가!

37

1975년 1월 8일 아침에, 신소설 계통의 중요한 작가 중의 한 사람인 클로드 시몽의 강연을 들으러 갔다가 예의 세잔의 사과 얘기를 다시 들었다. 진력이 나도록 뻔한 소리를 두 시간 가까이 들었다.

38

나이가 든다는 것은 주위 환경, 특히 직장과 가족에 둘러싸인다는 것을 의미한다. 그래서 친구와 직장과 가족에게서 떨어지면 견딜 수 없는 소외감을 느끼는 것이다.

39

에로 영화나 춤을 보면 아랫배가 아프다. 도발된 성욕이 배에다 발길질을 하는 것이다.

40

담배 가게에서 무의식중에 '필루아즈 골트르' 한 갑 달라고 그랬더니, 가게 여주인이 그게 무슨 소린가 하고 한참을 생각하더니 뭐라고요?라고 되묻는다. 그때에야 실수한 줄을 알았다. '골루아즈 필트르'(필터 달린 골루 아즈)를 그렇게 말한 것이다.

41

모든 인간은 싸운다. 무엇과? 자신 속에 숨어 있는 그보다도 훨씬 크고 힘 있고 무서운 미망迷妄과.

42

의심 · 공포…… 그 모든 것은 결국 자신이 만들어내는 자신의 그림자이다.

43

알튀세르에게서 재치가 느껴진다면, 아도르노에게서는 고통이, 마르쿠제에게서는 선동가가, 그리고 바슐라르에게서는 충일감이 느껴진다.

44

뤽상부르에서 브뤼셀로 가는 기차 속에서 나는 한 노인을 만났다. 그는 그 앞의 사람과, 당신이 중국 사람인가 일본 사람인가에 대해 내기를 걸었다는 것이었다. 그는 내가 한국 사람이라는 말을 듣고서 파안대소를 하더니, 이것도 인연이니 브뤼셀역에서 한잔하자는 것이었다. 죽을 때 가지고 갈 수도 없는 돈, 즐겁게 써야 되지 않겠어요? 돈 많은 부르주아지는 어디에서나 관대하였다. 관대가 그들의 본질인 것처럼.

45

내 방에서 거리를 내려다보다가, 나는 검은 외투를 입은 두 명의 성인이 자전거를 나란히 타고 가는 것을 가로수 가지 사이로 발견하였다. 그때 무엇인가가 내 마음을 충격하였고, 나는 그것을 표현할 수 있는 말을 몇 초간 찾았다. 그러나 그것을 한두 마디로 표현할 수 있는 말을 나는 찾지 못했다. 형제처럼 나란히……라는 표현이 곧 내 혀 밑에서 간질간질 내 입술을 간지럽혔지만, 나를 충격한 것은 그것이 아니었다. 나를 정말 안온하게 만든 것은 몸보다도 더 큰 두 자전거의 네 개의 커다란 바퀴, 아니 원이었다. 그런데 그것을 표현할 말이 생각나지 않는 것이었다. 한참을 고생하다 보니까, 말 대신에 하나의 이미지가 떠오른다. 목포의 역전 광장에서 해 어스름이 내릴 때까지, 옷을 찢겨가며, 자기보다 더 큰 자전거를 가지고, 자전거 타기를 배우는, 어깨가 좁고 다리가 긴 창백한 소년이. 그리고 그 소년은 금세 어느 짤막한 소설 속에서 읽은 바 있는, 작업장에 마련되어 있는 작업용 차를 타고 선로의 끝까지 와버린, 그리고 거기에서 갑자기 어둠을 발견한 한 소년으로 변모하고, 그리고 그의 쓸쓸함으로 나를 가득 채웠다. 나는 다시 책상 앞에 앉아, 전등불을 켜고 이것을 적었다. 1975년 3월 14일 6시였다.

46

롤랑 바르트가 그의 유년 시절을 보낸 바욘을 구경

하고 돌아오는 길에 들른 카르카손에서 나는 묘한 체험을 하였다. 그곳은 영화에서 본 멕시코의 도시같이 좁은 거리와 높은 건물이 바둑판 모양으로 늘어서 있는 도시였는데, 그 바둑판의 한가운데에 네모반듯한 광장이 있었고, 그 한가운데에 분수가 있었다. 융의 표현을 빌리면 아니무스 속의 아니마라고나 할까. 기하학적 도형의 한가운데에서 물을 보는 것은 무엇인가 좀 이상한 느낌이었다. 그 광장의 가로등은 술 취한 농부의 얼굴처럼 노오랬다.

47

억압이 있다고 해서 할 말을 못 하는 것은 아니다. 다만 생각이 제대로 진전되어나가지를 않을 뿐이다. 그러니 결국 할 말을 못 하는 것이다. 표현되지 않은 것은 존재하지 않기 때문이다.

48

빅토르 위고의 한 대목의 모작─스트라스부르에 자

리를 잡고 나서, 어느 날 황혼 녘 클레베르 광장을 지나가게 되었을 때, 나는 그것이 도시도 아니고 집도 아니고, 상점도 아니고, 불빛도 아니라는 생각 속에, 아니 몽상 속에 빠져들었다. 아니다. 그것은 오히려 몽상 그 자체였다. 알자스 특유의, 집의 뼈대를 그대로 보여주는 나무들과 흰 벽, 그리고 그것들을 어둠 속에 완전히 파묻히지 못하게 하는 낮은 가로등의 노란 불빛들은 나를 표현할 수 없는 방기와 해방의 상태로 몰고 갔다. 내 속에 있는 어떤 것이 나에게서 벗어나서 나를 저 몽상의 세계 속에 던져놓은 것이었다. 그때 나는 알자스풍의 이층집의 한 조각 나무였고, 그 벽에 발린 회조각이었으며, 가로등의 유리였으며, 그 유리를 뚫고 밖으로 빠져나오는 노란 불빛이었다. 나는 완전한 해방 상태에, 아니 휴식 상태에, 아니 행복한 상태에 있었다. 정액을 사출하고 난 뒤에 느슨하게 여자의 몸속에 남아 있는 내 살처럼.

49

프락시스와 결부되지 않은 테오리아에 대해서 나는

오랫동안 콤플렉스를 가져왔다. 그러나 요즈음 나는 프락시스와 결부되지 않은 테오리아란 이론의 제스처에 지나지 않는다는 것을 발견했다. 프락시스가 따로 테오리아와 떨어져 존재한다고 믿으면서, 테오리아에 매달리거나, 프락시스에 매달린다는 것은 허위에 지나지 않는다. 글쓰기 자체가 테오리아이며 프락시스라는 것을 왜 몰랐던가. 자신을 완전히 던지는 행위야말로 프락시스이며 동시에 테오리아이다. 안중근의 권총 사용은 한용운의 펜이나 김교신의 잡지와 마찬가지로 이론이며, 실제인 것이다.

50

헤이그의 11번 전차 종점에 내리니 바다가 바로 거기에 있었다. 해변으로 가는 긴 산책로를 걸어가노라니까 내 등 뒤에서 힘 있는, 그러면서도 쏘는 듯한 불줄기가 돌고 있는 것이었다. 해변가에서 북해의 바닷물을 상상의 눈으로 바라다보았을 때(밤이었기 때문에 수평선이 보이지 않았다), 그리고 바닷가 특유의 짠, 그러면서도 시원한 바람과 바닷조개, 불가사리 그리고 해변가까지 쓸려온 한두 마리의 바닷고기를 만났을 때, 나는 다시 내 유년기의 바다에 와 있었다. 방파제 쪽으로 걸어갈 때 다시 그 불줄기가 나를 잡아끌었다. 생각해보니 그것은 등대의 불빛이었고, 11번 전차 종점 바로 위에서 마치 거대한 하늘 밑에 달린 거울공처럼 끊임없이 돌면서 불줄기를 방사하고 있었다. 나는 등댓불의 자력 속으로 빨려 들어가듯 걸어갔다. 나는 그때에 한 마리의 내동댕이쳐진 고기였고, 조가비였고, 불가사리였고, 방파제의 한 조각 돌이었다. 쓸쓸함과 이상한 형태의 시원함이 내 마음 깊숙한 곳에서 노래하면서, 지친 듯이 쉬면서 내 전신을 핥아내렸다. 나는 모래밭에 주저앉았고 북해의 바닷물을 만졌다. 그리고 소리쳤다. '어머니'라고.

51

스위스의 비엔 호숫가에 있는 호텔방의 창문을 통해서 바라다본 호수는, 마치 죽은 고기의 비늘처럼, 혹은 납독에 중독된 인쇄공의 피부처럼 은빛으로 무겁게 몸을 뒤척이고 있었다. 약 한 시간 전만 해도 동양인의 술 취한 얼굴처럼 연한 주황색으로 빛나던 달이 이제는 차디찬 형광 램프처럼 하늘에서 호수를 바라다보고 있었다. 나는 방문을 열고 언덕길을 뛰어내려가 호수를 더 잘 보기 위해 길을 건너갔다. 밖에서 본 호수와 다르게 바로 곁에서 본 호수는 더 이상 반짝거리지도 않고 수은처럼 무겁게 가라앉아 있었다. 북해의 시커먼 바다와는 너무 다른 물이었다. 그것은 보는 사람의 마음을 자극하지 않는 장송葬送의 물이었다.

52

4월 말경에 나는 집에서 한 통의 편지를 받았다. 내 아내가 심하게 아프다는 내용의 편지였다. 나는 곧 귀국하기로 작정하였고, 짐을 꾸렸고, 짐을 부치러 우체국에 갔었다. 거기에서 나는 "별도 지시가 있을 때까지 크메르에의 편지 소포를 취급 안 함"이라는 게시문을 보았다. 그때 무엇인가 칼날처럼 날카로운, 아니 면도날처럼 예리한 것이 내 내부를 찢었고, 그것은 거의 숨도 쉬지 못하게 할 정도로 나를 아프게 하였다. 파리에서 다시 들른 우체국의 게시문에는 크메르 뒤에 월남이라는 어휘가 첨부되어 있었다. 내가 소포 뭉치를 내밀 때 우체국 직원은 수취인의 주소를 보자마자 게시문을 힐끗 쳐다보았고, 그러고 나서 나를 곁눈질했다. 그것은 나를 부끄럽게 했다. 그다음 날 아침 호텔에서 커피로 아침을 때우면서 나는 호텔 주인이, 동양인들은 왜 그리 자주 웃는지 모르겠다는 말을 하는 것을 들었다. 나는 서양인들이 너무 착취를 해서, 그 고통을 숨기기 위해 동양인들은 자주 웃는 것이라고 대답했다. 그 순간 섬광처럼 커피의 쓴맛까지도 달짝지근하게 느껴지도록 쓰디쓰게, 후진국 지식인은 불행하게 살게끔 운명 지어져 있다는 생각이 내 머릿속에 떠올랐다. 선진국 지식인들에게 지적知的으로 유린당하고 그들의 프로파간다에 속아 보편인이라는 환상을 깊게 가슴속에 간직한 후진국 지식인의 불행. 내 내부의 한 목소리는 그래 두려운가,라고 소리쳤고, 한 목소리는 그래 두렵다고 대답했고, 한 목소리는 무섭다, 죽는 게 무섭다,라고 소리쳤고, 그러는 사이 분노한 한 목소리가 재산을 빼내어 얄밉게 도망하는 악질 기업인들에게 저주를 퍼부었고, 또 한 목소리는 너는 코미디를 하고 있다고 악을 썼다. 그러는 사이에 나지막한, 그러나 힘 있는 목소리 하나가 너는 네 아내와 자식들 때문에 돌아간다, 너는 어떻든 너를 키워준, 너를 만들어준 땅과 탯줄로 연결되어 있다, 쓸데없는 소리를 하지 말라고 타일렀다. 나는 그것이 나의 목소리라고 생각하기로 하였다. 나는 내가 태어난 땅과 헤어질 수 없게 운명 지어진 것이다. 다시 선택하라 하더라도 나는 한국에 태어나겠다고 할 수밖에 없다. 그곳은 나의 고향인 것이다. 비행기는 5월 13일에 떠날 것이었다.

(1974)

사라짐과 맺힘

내 어린 시절에 내가 들을 수 있었던 것은 자연의 소리뿐이었다. 아니 그것은 조금 지나치다. 명절 때에는 풍물 잡는 소리를 들을 수는 있었다. 그러나 그것뿐이었다. 기계가 만들어내는 인위적이나 아름답게 느껴진 소리를 나는 거의 듣지 못했다. 집에 있었던 유일한 기계는 구식 제니스 라디오였고, 아버지는 내가 그것을 만지는 것을 엄격하게 막았다. 그 기계에서는 내가 아는 노래나 소리가 나오기도 했으나, 거의 대부분은 내가 모르는 것들이었다. 내가 들을 수 있었던 것이 자연의 소리였다고 해서, 내가 자연의 소리에 민감한 것은 아니다. 요즈음에는 나뭇잎을 스치는 빗소리, 바람 소리, 얼음 아래 흐르는 눈 녹은 물소리, 먼 산에서 해 솟는 소리 ── 이제 막 빨갛게 달아오르기 시작하는 해가 내는 소리! ── 그리고 낙엽 부서지는 소

191

리…… 등의 아름다움을 조금은 느끼기 시작했지만, 그때에는 그런 소리는 귀에 들어오지도 않았고, 유행하는 노랫소리만이 크게 귀에 들려왔다. 그러나 그 노래를 내 맘대로 듣는 방법이 나에게는 없었다. 내가 라디오라도 갖게 된 것은 고등학교 때이었으나, 그때에는 입시 준비에 정신이 없었고, 시간이 난다 해도 연속극 듣느라고 정신이 없었다(아, 지금도 다시 듣고 싶은 「청실홍실」의 이야기……). 젊었을 때에는 사람 이야기가 소리보다 훨씬 더 재미있는 법이다라고 강변하지만, 대학을 들어가서 만난 친구들이 내가 한 번도 들어본 적이 없는 서양 음악 이야기를 할 때에는 그들이 무슨 이상한 짐승처럼, 아니 귀족처럼 생각되는 것이었다. 이청준이 모차르트 이야기를 하고, 박태순이 바로크와 말러 이야기를 꺼내면, 김승옥은 유행가를 청승맞게 부르기 시작하는 것이었는데, 나는 그도 저도 하지 못해 애꿎은 소주잔만 비웠다.

내가 서양 음악에 처음으로 내 몸을 열어놓은 것은 스트라스부르에서 공부할 때이다. 나는 홍콩에서, 카세트 테이프를 들을 수 있는 싸구려 일본 카세트 라디오를 하나 사서 프랑스로 가지고 갔고(아, 홍콩에는 그때 얼마나 물건들이 많았는고! 그곳의 장을 땀을 뻘뻘 흘리며 다니는 것은 그것 자체가 재미였다), 거기에다 내가 한국에서 가져간 양희은·이미자 테이프를 하루 온종일 걸어놓고 지냈다. 한 반년쯤 그들의 노래를 듣다가 다른 소리가 듣고 싶어 조심스럽게 접근한 것이 모차르트와 라벨이었다. 라벨에 접근했다는 말은 옳지 않고, 내가 접근한 것은 모차르트였다. 내가 프랑스에 간 해는 라벨이 탄생한 지 백 년이 되는 해이어서, 어느 곳에서나 그의 음악을 들을 수가 있었다. 라벨은 들은 것이 아니라, 엄격하게 말한다면 들린 것이다. 그러나 모차르트는 달랐다. 모차르트는 내가 생각한 것과 다르게 사람의 마음을 매우 편안하게 해주는 음악을 쓴 어떤 사람이었다. 나는 그의 음악 몇 개를 구해 ─ 백 불을 갖고 한 달을 살아야 했던 가난한 유학생에게는 한 개에 7, 8불 하는 테이프는 싼 것이 아니었다 ─ 내 식으로 하루 온종일을 그것을 걸어놓고 들었다. 지금 생각하면 무식하기 짝이 없는 음악 듣기였으나, 이상하게도 그를 듣고 있으면, 마음이 맑아지고 평안해지는 것이었다. 그다음에 듣기 시작한 것이 바흐였다. 바흐를 나는 그의 오르간곡으로 들었다. 그의 오르간곡을 지금도 나는 최고의 음악 중 하나라고 믿고 있다. 모차르트의 음악이 조화라면 그의 음악은 평화다. 그의 오르간곡을 듣고 있으면, 내 마음도 평화롭게 떨린다. 내 마음의 가장 깊숙한 곳에서, 내 동물성과는 다른 어떤 떨림이 생겨나, 나를 나 이상의 것으로 만든다. 그 느낌이 때로는 즐겁고 때로는 고통스럽다. 이런 음악을 못 듣는 사람들이 많다. 그것은 죄악이다.

바흐나 모차르트의 음악에는 때로 인간의 고통이 사상되어 있는 것은 아닌가 하는 의심이 갈 정도로 거기에서 초월주의의 냄새가 강하게 느껴지는 때가 있다. 동양의 음악에도 초월주의의 냄새가 배어 있지 않은 것은 아니지만, 그 초월주의의 맛은 다르다. 모차르트나 바흐의 초월주의는 너무나 완벽하고 정확한 초월주의이어서, 동물성의 냄새가 거의 나지 않는다. 그러나 동양의 음악에는 그것이 초월주의를 지향하고 있는 것처럼 보일 때라도 인간성, 아닌 동물성의 냄새가 난다. 내가 심심할 때마다 뒤적거리는 책 중의 하나에는 동양의 음악을 연주하는 방법에 대해 다음과 같이 기술하고 있다: "평옥 같으면, 지하에 큰 항아리를 하나 묻고, 그 항아리 속에 동종을 걸어놓고, 그 위에 판을 까는 것이 좋다". 동양 사람이 즐긴 음악은 땅 밑에 큰 항아리를 하나 묻고, 그 속에 구리종을 하나 걸어놓고 판을 깐 뒤에 연주한 음악이다. 그음악은 출세한 사람의 득의만만한 음악이 아니라, 패하여 돌아온 사람의 마음 달랠 길 없는 음악이다. 음악보다는 항아리 속의 구리종의 움직임에 오히려 신경이 더 쓰이는 음악. 그런 음악에는 인간성의 여러 약점들이 그대로 배어 있다. 나는 그런 음악을 「실크 로드」라는, 일본 사람들이 만든 프로그램에서 봤다. 중앙아시아의 넓은 들판에서, 밤에 모닥불을 지피면서 부르는 음악, 소리에는 아늑함과 평화로움과 사라짐이 뒤섞이어 있다. 중앙아시아에는 산들이 적어, 소리는 되돌아오지 못하고 그저 사라질 따름이다. 아무리 크게 내질러도 결국은 아시아의 한도 없이 넓은 들판 속에서 사라질 소리들. 그런데도 사람들은 그 소리를 내지르지 않고서는 견디질 못한다. 러시아 민요를 빌리면, 내 죽음으로도 메우지 못할 들판을 그곳 사람들은 소리로 메운다. 아무리 메워도 메워지지 않는 소리로.

그런 넓은 들판의 소리의 전형이 나에겐 인도의 피리 소리이다. 인도의 피리 소리는 되풀이되면서 끊어지고, 끊어지면서 되풀이된다. 그것은 내지르며 사라지고, 사라지면서 내지른다. 그 소리의 끝은 언제나 허무하고 — 허무하다는 말은 올바르지 않다. 그것은 너무 서양적인 개념이다 — 나른하다. 없어져가면서도 그것은 절규하지 않고, 다만 나른하게, 끝이 없이 사라진다. 그 인도의 소리와 한국의 소리는 같지 않다. 산이 많고 계곡이 많아서일까. 한국의 대금이나 소리는 — 내가 존경하는 한창기 씨는 판소리라고 말하는 나에게 눈을 부라리며, 그럼 못써요, 그냥 소리라고 하세요,라고 되풀이 말한다. 나는 그의 말을 가능한 뒤따른다 — 사라지되, 나른하게 사라지지는 않는다. 그것은 사라지더라도, 마음을 매듭짓고 사라진다. 그래서 한국의 소리를 들으면, 마음에 슬픔이 맺히기도 하고, 분노가 끓어오르기도 하고 흥이 돋기도 한다. 제일 좋은 것은 물론 흥이 돋는 것이다. 그래서 나는 나이 든 명창이 구수하게 부르는 「흥부가」를 소리 중에서는 제일 좋아하지만, 그것만을 듣고는 물론 살 수가 없다. 2, 3년 전에 나온 한 책에서 천이두 씨는 소리꾼들의 사회학이라고나 부를 수 있는, 소리꾼들의 사회학적 분석을 훌륭하게 해낸 적이 있는데, 그는 거기에서 일제하에 한이나 슬픔을 노래하는 소리가 한국 사람들의 관심을 끌고 크게 유행한 것은 망국의 한이 거기에 투영되어서라는 가설을 제시한 적이 있다. 호기롭고 평화로운 우조의 소리가 그 이전에는 주된 정조이었다는 것이다. 나까지를 포함하여, 우리 거의 모두는 계면의 슬픈 음색을 더욱 사랑한다. 우리는 아직도 즐거워해야 할 일보다는 슬퍼해야 할 일이 더 많은 곳에서 살고 있나 보다.

말들은 친화력이 있다. 내가 쓴 말들의 그 친화력 때문에, 나는 새로운 판들을 여러 장 얻게 되었다. 그것들은 '뿌리깊은나무사'에서 만든, 『한반도의 슬픈 소리와 산조 전집』이다. 산조에 내가 관심을 갖게 된 것은 유익서의 『민꽃소리』라는 아름다운 소설을 읽고 나서이다. 그 소설은 한 대금 연주자와 가야금 연주자의 슬픈 사랑을 그리고 있는데, 그 사랑이 슬픈 것은 그 대금 연주자가 육체적으로 장애가 있고 그 가야금 연주자가 육체적으로 너무 아름답기 때문이다. 그들의 사랑은 그들의 사랑에 대한 주위 사람들의 몰이해와 그들의 음악에 대한 몰이해라는 이중의 몰이해 때문에 그들의 자살로 끝이 난다. 그 슬픈 사연도 내 호기심을 끌었지만, 그들의 음악 자체도 내 관심을 불러일으켰다. 나는 대금산조 카세트를 다 구해 — 내가 카세트를 파는 상점에서 대금산조를 있는 대로 다 달라고 그랬더니, 주인은 이것저것을 뒤지더니 세 개의 카세트를 내놓았다 — 스트라스부르에서 듣던 식으로 그것을 하루 종일 내 카세트 라디오에 걸어 놓고 들었다. 대금을 연주하는 세 사람의 음색의 차이가 귀에 들릴 만하게 되자 나는 그것을 바흐나 모차르트, 인도 피리와 번갈아 들었다. 역시 한국의 음악은 계면에 너무 치우쳐 있다,라는 것이 내 느낌이었다. 그런 뒤에 산조 전집이 내 손에 들어온 것이다. 나는 내 식대로 그것들을 다 녹음하여 학교로 가지고 가 하루 종일 그것을 걸어놓고 그것들만 들었다. 아쟁이나 해금·피리·거문고 산조 등은 자주 듣지 못한 소리였으나, 역시 들을 만했다. 악기로서 내 마음에 든 것은 이상하게도 해금이다. 해금의 껑껑거리는 소리에는 삶의 신산을 다 맛본 소리꾼들의 갈라진 목을 상기시키는, 거친 음색이 있었다. 그러나 그 음악은 대금이나 아쟁과 거의 같아 보였다. 다시 말해 자기의 목소리가 없어 보였다. 형식에 너무 짓눌렸다고나 할까, 형식에서는 어떤 통일성이 느껴지지만, 그것이 바람직한 통일성인지 아닌지는 잘 알 수가 없었다. 그러다가 듣게 된, 함동정월·김죽파·지성자의 가야금 산조는 다른 산조와는 다른 맛을 느끼게 해주었다. 그녀들의 산조에는 위대한 예술만이 보여줄 수 있는 어떤 것이 있었다. 낮고 느리고 어색한 듯한 그녀들의 가야금 소리에는······ 젊은 예인들에게서는 도저히 맛볼 수 없는 권태가 있었다. 드뷔시의 음악을 듣거나 오펜바흐의 어떤 음악 ─ 내 머리에 곧 떠오르는 것은 「지옥의 오르페」이다 ─ 을 들을 때 느끼게 되는 나른함, 그리고 그 속에 숨어 있는 감취진, 억제된 정열과 기예가 그녀들의 가야금에는 있었던 것이다. 그 권태는 바쁜 사람들은 느끼기 힘든 예술적 특성이다. 임어당은 바쁜 사람들은 차를 마셔서는 안 된다고 말한 적이 있다. 바쁘면, 차 맛을 느끼기도 전에 마셔버린다. 차는 그때 뜨거운 물에 불과할 뿐이다. 권태로운 음악은 권태롭게 들어야 한다. 편안하게 누워―눕는 것이 불편한 사람도 있을 것이다. 앉아서 죽는 것이 더 편한 선사들처럼―느린, 낮은 음악을 듣는다. 권태롭다. 그 순간 그 권태 속에서 예술가의 오기와 기예와 정열이 살아난다. 이 권태로운 음악을 듣게 하겠다! 굉장한 오기이다. 그 권태로운 음악을 만들게 한 것은 정인이 오기만을 기다리며 온밤을 가야금으로 세우는 예기들의 그 안타까운 사랑이 아니었을까? 기다리는 마음이 바쁘고 초조할수록 가야금의 소리는 낮아지고 느려진다. 산조답게 마지막에 빨라진다 해도 그 빠름은 예사 빠름이 아니다. 그것은 느린 빠름이다. 그녀는 태연을 가장하고 있는 것이다. 그리고⋯⋯ 나는 김죽파의 부음을 들었다. 그녀의 느린 예술이 죽었다. 나는 다시 그녀의 판을 건다. 그녀의 음색은 계면의 음색이 아니다. 그것은 느린 권태이다.

그런데 예상치 못하게 나는 산조보다 더 내 마음을 끈 소리를 하나 만났다. 「혼맞이 노래」라는 전라도 당골들의 노래이다. 전라도의 소리에 어지간히 익숙해 있는 나로서도 처음 듣는 소리인데, 슬픔과 비애의 감정이 고조되어가다가 거의 신비의 경지에 이르르는 소리의 전개는 일품이었다. 한참 듣다 보면 눈물이 쑥 빠져요,라는 것이 이 판들을 전해준 설호정 씨의 말이었는데, 눈물 정도가 아니라, 누워 있다가 자리에서 벌떡 일어나 앉아 노래를 듣게 만드는 힘을 가진 묘한 흡착력이 있는 소리들이었다.

금쪽 같은 이 내 몸이

머나먼 길 가고 마네

어찌가리 어찌가리 어찌가리

심난협로를 어찌가리

반적 없는 길이로세

머얼다더니 멀다더니 멀다더니

황천길이 멀다더니

어허어허어 어허으 허

문턱 밖이 황천이로고나

진양조로 느리게 나아가던 노래가 '머얼다더니'에서
부터 슬슬 빨라지기 시작하더니 합창 비슷해진다. 나는
깜짝 놀라 일어나 정좌를 하고 노래를 듣는다. 황천길이
멀다더니, 문턱 밖이 바로 황천이로구나! 아이쿠, 그렇다.
문턱 밖이 황천인데 그것을 모르고 황천은 먼 곳에 있는
것처럼 유유히 살고 있다. 나는 「혼맞이 노래」를 다시 튼
다. 다시 그 대목에서 내 귀는 놀란다. 슬픔이라기보다는
비애라고나 할까. 계면의 꺽꺽거리는 소리도 거기에는 없
다. 내가 「혼맞이 노래」를 듣고 감동한 이야기를 하자, 한
여선생이 나에게 말한다. 선생님, 그런 노래는 가까이하
지 마세요. 이따금씩 듣는 거지 매일 듣는 노래가 아니에
요. 내 마음 깊숙한 곳은 슬픔과 비애로 젖어 있는데, 그
렇지 않은 세대들이 자라고 있다. 내 꿈과 그들의 꿈도
그만큼 다르다. 그것이 삶이다.

(1989)

시사만화에 대한 단상

교과서 외에 내가 유년 시절에 최초로 대한 책은 만화책이었다. 확실한 내용을 지금은 기억해낼 수 없지만, '고추대장'이니 '쌍칼'이니 하는 따위의 제목들이 붙어 있는 연작물들을 나는 밤새워 읽어댔다. 비현실적이지만 기괴하고 환상적이며 도술적인 것 등에 대한 나의 숨겨진 기호는 거기에서 연유한 것인지 모른다. 만화책에 대한 나의 기호는 그 뒤로 갈수록 심해져서 국민학교 5학년 때 처음으로 이광수의 『무정』을 읽은 후에, 소설에 재미를 붙여가지고 닥치는 대로 읽던 때에도 그것은 사라지지 않았다. 고등학교에 다닐 때만 해도 나는 시간만 있으면, 내 하숙집의 흐릿한 전등불 밑에서 『철인 28호』나 아프리카의 토인 추장이 주인공으로 나오는 만화 따위를 열심히 빌려다 읽었다. 그것들을 내가 왜 그렇게 좋아했는지 그 이유를 뚜렷하게 알 수는 없다. 여하튼 나는 만화에 미쳤으며, 중학교 때까지만 해도 좋은 만화가가 되겠다는 꿈을 버리지 않고 있었다. 빨리 잊어버리고 싶은 과거였기 때문에 그런 것이겠지만, 골방에서 나는 몇 권의 만화를 그려 누이와 내 동생들에게 공개하기도 했다는 것이 누이의 말인데, 그 기억도 거의 나지 않는다.

고등학교 때 만화를 빌려 보면서 내가 느낀 감정은 약간의 부끄러움이다. 다 큰 녀석이 만화책이 뭐란 말인가! 그 부끄러움을 어느 정도 극복할 수 있게 해준 것이 사르트르였다. 그의 『말』을 읽으면, 그도 만화류를 읽는 것이 어려운 철학 서적을 읽는 것보다 즐겁다고 솔직하게 고백하고 있는 것이다. 고등학교 때 내가 만화를 읽으면서 느낀 부끄러움은 어디에서 연유한 것이었을까? 아마도 그 부끄러움은 만화와 같은 저급한 오락물을, 혹은 고귀한 지식이 필요시되지 않는 오락물을 읽는 데서 연유한 것이었으리라. 그러나 그 부끄러움의 문제는 나만이 아니고 다른 사람들의 반응까지를 생각해볼 때, 겉보기보다 쉽지 않은 문제이다. 아동을 독자층으로 한 만화나 일간 스포츠 신문에 실리는 만화를 읽는 데 약간의 심리적인 저항(다른 별난 저항이 아니라 이런 것을 읽다가 남에게 들키면 무슨 창피인가라는 가벼운 저항이다)을 느끼는 성인들도 일간지에 실리는 만화, 사회면이나 문화면 혹은 체육면에 실리는 네 칸 만화나 1면에 실리는 한 칸 만화를 보는 데는 거의 저항을 느끼지 않는다. 그것을 보면서 저항감을 느끼기는커녕, 단 하루라도 그것이 신문에 실리지 않을 때에는 오히려 섭섭함을 느낀다. 그 반응은 겉보기에는 모순되게 보인다. 아동 만화나 오락 만화(이 말로 나는 주로 음험하게 폭력이나 성을 주제로 한 만화를 지칭하고 있다)를 보면서는 저항감을 느끼는 독자들이 네 칸짜리 가정 만화나 한 칸짜리 시사만화를 보는 데는 저항감을 느끼지 않는다. 그 현상은 대체로 다음과 같이 분석될 수 있는 것 같다.

1) 성인이 되어서도 아동용 만화를 보는 것은 지적 능력이나 예술적 감수성이 세련되지 못했다는 증거이다. 그것은 부끄러운 일이다.

2) 폭력 만화나 성만화를 즐기는 것은 성인이 되어서

도 자신 속에 깃들어 있는 동물성을 극복하지 못한 증거이다. 그것은 부끄러운 일이다.

3) 네 칸 만화를 즐기는 것은 고급한 에세이나 소담집笑談集을 읽는 것과 비슷한 일이다. 그것은 부끄러운 일이 아니다.

4) 한 칸 만화를 즐기는 것은 세련된 비판 능력과 고도의 상징 이해 능력을 드러내는 일이다. 그것은 부끄러운 일이 아니다.

위의 분석을 더욱 추상화시키면 만화에도 엘리트 만화라고 부를 수 있는 고급 만화와 대중 예술이라고 불릴 수 있는 저급 만화가 있어, 그것은 독자의 부끄러움에 관계되어 있다,라는 것이 될 것이다. 그러나 대부분의 사람에게 있어, 만화란 소설이나 시 · 희곡 그것보다 못한 예술이라고 생각되어지고 있다. 극단적인 사람은 만화를 예술이라고 생각하지도 않을 것이다. 그렇다면 만화는 엘리트 예술(문학 · 미술 · 음악 등등)에 대립되는 저급의 대중 예술(그것은 쇼나 영화와 같이 취급한다)이며, 그 대중 예술은 다시 고급 만화와 저급 만화로 나뉜다. 고급 만화를 즐기는 사람들도 그것이 고야의 풍자화나 도미에의 돈키호테, 피카소의 춘화와 같은 수준의 것으로 그것을 취급하지 않고 있다는 사실은 그것이 대중 예술임을 명확히 입증한다. 대중 예술이란 즐기는 것이지 그것에 감동하는 것은 아닌 것이다!

그런 나의 생각을 조금 더 발전할 수 있게 하여 만화에 대한 나의 부끄러움을 완전히 없애준 것은 프랑스의 문화적 풍토이다. 거기에서 나는 만화책이 프랑스의 저명한 문고인 10/18판에 어엿하게 끼어 있음을 보았을 뿐만 아니라, 그 재능을 의심할 여지 없는 뛰어난 예술가들이 선으로 표현되는 문학이라는 만화에 깊은 관심을 기울이고 있는 것을 목도했다. 나 자신의 경험을 하나 더 덧붙이자면, 내가 거주하고 있던 스트라스부르의 학생 식당에서 무명 만화가의 만화 전람회가 열린 적이 있었다. 프랑스의 젊은이들이 느끼는 고민을 날카롭게 드러내고 있는 그 만화들은 그리 싼값이 아니었는데도 꽤 많이 팔렸고, 그것이 전시되는 동안 내내 학생들의 깊은 관심의 대상이 되고 있었다. 그 만화들은 현대적인 우수와 고뇌를 그렸다는 여러 문학작품들이 나에게 준 감동을 그대로 전해주었다. 만화는 분명히 예술이었던 것이다! 그 뒤로 나는 만화에 대한 글들을 가능한 한 모으기 시작하였고, 그 덕분으로 학문적인 면에서 상당히 보수적인 소르본에서 만화 연구로 학위를 받은 사람이 있다는 것까지 알게 되었다. 그때 나에게 제기된 문제는 만화라는 대중예술을 그러면 어떻게 이해할 것인가라는 것이었다. 만화는 과연 예술인가. 만화가 예술이라면, 그것은 어떤 예술인가. 그것은 엘리트 예술인가, 아니면 단순한 대중 예술인가. 그것은 다시 말해 예술로서 살아남을 수 있는 것인가, 아니면 곧 사라질 잠정적인 것인가. 그런 질문들과 부딪치면서 나는 예술과 현대의 대중 사회—집단 사회와의 관계에까지 성찰의 폭을 넓힐 수 있었다. 나의 성찰의 결과를 간략하게 요약해보면 다음과 같다.

1) 만화는 예술이다. 그것은 그림과 문학의 아들인데 그 만화가 예술로서 처음 생겨난 것은 1897년이다(그해 12월 『아메리칸 유머리스트』지에 루돌프 더크스의 「카첸야머 아이들」이 게재된다).

2) 만화는 그림과 문학의 아들이지만, 그것은 그림이나 문학처럼 완전히 개인적인 예술이 아니라, 통개인적通個人的인 예술이다. 통개인적이란 그림의 아이디어를 제공하는 사람과 그것을 그리는 사람이 다를 수 있으며, 그림을 그리는 사람이 바뀔 수 있다는 의미에서의 통개인적이다. 『르 몽드』지의 시사만화에는 작가로서 아이디어 제공자와 그림을 그리는 사람의 이름이 같이 나와 있으며, 「블론디」의 작자는 바뀐 지 오래다.

3) 만화가 통개인적인 예술이라는 사실은 그것이 영화·쇼 등과 함께 20세기의 집단적 사회(대중으로 모두가 획일화된 사회라는 뜻이다)가 만들어낸 예술이라는 것을 입증한다. 그것은 개인주의적인 부르주아 사회에서는 불가능했던 예술이다.

4) 대중 예술을 엘리트 예술과 구분하여 그것을 저급 예술로 치부하는 것은 올바르지 못하다. 대중을 위한 예술로서의 만화의 등장을 대중 사회의 분석을 통해 합리적으로 이해하여야 한다. 그러기 위해서는 예술이라는 개념 자체가 섬세하게 수정되어야 한다.

앞에서 간략하게 말한 나의 관점에 의거해서 소위 시사만화라고 불리는 만화의 한 장르에 대한 나의 소감을 간략하게 적어보겠다. 시사만화를 분석의 대상으로 택한 것은 나의 자의가 아니라, 편집자의 주문에 의한 것이지만, 그것으로도 한국 만화가 가진 여러 특성 중의 몇 개는 드러날 수 있으리라고 생각한다.

1) 한국에서 시사만화라고 불리는 만화는 대체적으로 신문 1면에 실리는 한 칸 만화를 의미한다. 한글학회에서 편한 『큰사전』에는 시사가 "당시에 생기는 여러 가지 세상 일"을 뜻한다고 풀이되어 있다. 그렇다면 시사만화는 정치·사회·경제·문화의 여러 분야에서 생기는 일을 다룬 만화라는 뜻이 되겠는데, 그런데도 신문 사회면(혹은 체육면)에 실리는 네 칸 만화는 시사만화로 흔히 인식되지 않고 있으며, 시사만화는 주로 신문 1면에 실리는 한 칸 만화를 지칭한다. 네 칸 만화에는 가정 문제를 주로 다루는 것 외에 한국 사회의 각 분야에서 일어나는 일을 다루고 있는 「고바우 영감」이나 주로 세금 문제·월급 문제 등을 다루는 「두꺼비」 등이 있음에도 불구하고, 그것

들을 시사만화라고는 흔히 부르지 않는다. 또 주인공들의 이름 자체에 지나치게 많은 비중이 주어져서 그런 것이 아닌가 생각되는데, 그 이상의 것은 아직 잘 모르겠다.

2) 시사만화는 일간 신문의 1면 외에도 종합 월간지에 때때로 실리는데, 그 경우에도 거의가 다 한 칸 만화이다. 프랑스의 대표적인 만화 잡지인 『샤를리 에브도』나 『카나르 앙셰네』 등에 실린 시사만화들이 물론 한 칸짜리도 있지만, 여러 칸짜리가 많은 것과 상당한 대비를 이룬다.

3) 한국 시사만화의 특징은 그것이 만화의 초기 형태인 그림과 글의 결합을 노골적으로 보여준다는 데에 있다. 다시 말해 주인공의 말을 담아놓는 동그라미가 시사만화에는 거의 등장하지 않는다. 말이 동그라미 속에 들어 있지 않을 뿐만 아니라, 그것은 대부분 활자로 인쇄되어 있다. 한국의 시사만화가 왜 만화의 초보적인 상태에 그대로 머물러 있는지에 관해서는 잘 모르겠다. 한 칸 만화에 동그라미가 들어가는 것은 세련되지 못한 것이라는 선입관이 작용한 것일까. 그러나 그것은 만화의 특성을 무시한 것이며, 만화는 그때 항상 글과 그림으로 분리될

위험성을 안고 있다. 글이 뜯기어 나간 그림이나, 그림이 없어져버린 상태의 글을 시사만화라고 부를 수 없음은 자명한 일이다.

4) 시사만화는 "당시에 생기는 여러 가지 일"을 두루 두루 취급할 수 있는데도, 제일 많이 취급되는 것은 정치적 사실이다. 아마도 정치를 취급하는 1면에 그것이 실리기 때문에 생겨난 현상이 아닐까 생각한다. 그렇다면 경제면이나 사회면 혹은 문화면에 실리는 한 칸짜리 시사만화를 생각해볼 수가 있겠는데, 독자 투고 만화 외에는 사실상 그런 것들은 나타나지 않고 있다.

5) 시사만화의 가장 큰 특색은 네 칸 만화와 달리 거기에는 주인공이 없다는 사실이다. 시사만화에는 고바우나 두꺼비와 같은 주인공이 없기 때문에, 독자와 작품 사이에 이미 정해진 약호略號가 없다. 가령 「고바우 영감」을 읽을 때(혹은 볼 때) 독자들은 그 선량하고 정 많은 소시민적인 영감이 어떤 사회 현실에 대해 어떤 반응을 보이리라는 것을 대강 미리 짐작한다. 그 짐작이 자주 어긋나게 되면, 그 주인공에 대한 독자의 생각, 약호 체계가 달

라지게 된다. 시사만화에는 그런 유의 주인공이 없기 때문에 독자와 작품 사이에 정해진 약호가 생겨날 수 없다. 대신 독자와 작자 사이에는 그런 약호가 생겨날 수 있다. 가령 김성환이라면 이런 경우에는 이렇게 반응하겠구나 짐작하고, 안의섭이나 오룡이라면 이렇게 반응하겠구나 하고 짐작할 수 있다. 작가의 개성과 독자의 개성이 맞부딪치는 것이다. 더 나아가서는 신문이나 잡지의 성격과 부딪치는 경우도 있다. 어떤 사회 현실에 대하여, 가령 『동아일보』라면 이렇게 처리하겠지, 『조선일보』라면, 『한국일보』라면 이렇게 처리하겠지 하는 따위의 부딪침이다. 그 기대가 자주 어긋나면 신문에 대한 독자의 태도 자체가 변하게 된다. 그러나 내가 본 바로는 한국의 시사만화는 그런 부딪침을 견뎌내지 못하고 있다. 어떤 사건에 대한 반응은 거의 동일하다. 그것은 작가나 잡지·신문 들이 개성을 거의 갖고 있지 않다는 것을 의미할 수도 있으며, 거기에 표현되는 문제의식이 보편적인 것이라는 것을 의미할 수도 있다. 그 경우 대부분의 독자들은 내가 대중 매체의 대중화 현상에 중독되어 있구나 하는 의구

심을 느끼는 대신에 나도 남들처럼 '건전한' 생각을 하고 있구나 하는 느낌을 받게 된다. 에리히 프롬으로부터 자유에서의 도피라는 이름을 부여받은 현상이다.

6) 시사만화는 대개 암시적이다. 그때에 제일 문제시되었던 것에 대해 그것을 자세하게 설명해주는 대신에 단도직입적으로 그것에 대해 말한다. 해설 기사가 중요한 기사에는 항상 따르는 법이므로, 시사만화가 그것까지 감당할 필요는 없는 것이며, 바로 거기에서 시사만화의 의미 축약적 성격이 생겨난다. 가령 1977년 3월 15일 자 『한국일보』의 사회 만평을 분석해보자(『한국일보』를 특

별히 택한 것이 아니라, 이 글을 쓸 때 우연히 그것이 내 곁에 있었기 때문에 그것을 선택한 것이라는 것을 부언하고 싶다).

인용한 시사만화에는 "이 댁은 요즘 신문도 안 보나?!"라는 설명문이 들어 있다. 말투는 구어체이며, 그림을 보면 그것은 신문이 국회를 쳐다보며 하는 말임에 분명하다. 그런데 그 말투는 약간 어색하다. 신문이 하는 말이면 "이 댁은 요즘 나도 눈에 안 보이나" 정도가 되었을 것이기 때문이다. 그 말에는 그러니까 신문과 작가가 다 같이 개입되어 있다. "이 댁은 요즘 나도 눈에 안 보이나" 하면, 그림 속의 신문이 다른 것으로 오해될 수도 있으니까, 그 대목에서 작가가 섬세하게 개입한 것이다. 신문도 안 보고 국회는 뭐하고 잠만 자고 있는가라는 의문 겸 탄식이 의미하는 것은 무엇일까? 만화만을 보는 사람은 그것을 도저히 알아낼 수가 없다. 그것은 1977년 3월 15일 전의 신문과 그날치의 신문을 자세히 읽어야 알 수 있는 것이다. 문제되고 있는 만화에서 작가가 말하려고 하는 것은 명백하다. 주한 미군의 철수가 분명한 사실이 되었는데, 국회는 거기에 대한 대책을 세우지도 않고 무얼 하고 있느냐는 의문(?) 겸 탄식(!)인 것이다. 15일 전의 신문과 15일 자의 신문을 읽은 자에게는 그것이 명백하게 느껴지지만, 작품 자체에는 그 명백한 것이 감춰져 있다. 시사만화의 큰 특색 중의 하나이다. 그 만화 때문에 독자는 '아니 국회가 관여해야 될 정도의 큰 사건이 무엇일까' 하는 호기심에 사로잡히게 된다. 그것이 신문을 읽게 하는 한 요인이 될 수가 있다. 시사만화가 암시적이라는 사실은 그것이 기사의 보조 역할을 맡고 있다는 사실을 확인하게 한다. 동시에 그것은 오늘 제일 중요한, 혹은 관심을 가져야 하는 것이 무엇이라는 것을 독자에게 무의식적으로 강요한다. 시사만화는 신문의 대중 조작에 또한 큰 역할을 맡고 있는 것이다.

(1977)

겉멋 부림의 세계

오랜만에 아내와 함께 「깊고 푸른 밤」(1984)이라는 영화를 보러 갔다. 같은 이름을 단 원작 소설을 워낙 재미있게 읽었고, 문학비평가 ㄱ 씨가 시사회엘 다녀와서 "거, 영화 한번 화끈하더만!"이라고 말하는 것을 들은 뒤에, 또 우연히 만난 이화여자대학교 강사 한 분에게서 "그 영화에 나오는 안성기라는 배우가 굉장한 인기라는데 한번 가보지 않겠느냐?"고 넌지시 건네는 소리를 듣고서는, "그것만은 시간을 내서 가봐야겠구나" 하고 생각하고 있었다.

나는 한국 영화건, 외국 영화건 가리지 않고 보는 편이다. 한국 영화 중에서 내 기억에 남아 있는 것은, 이강천 씨의 「피아골」(1955), 유현목 씨의 「오발탄」(1961), 이만희 씨의 「만추」(1966) 정도이다. 영화를 많이 본 이들은 금방 알아차렸겠지만, 그것들은 다 흑백 영화이다. 천연색 영화를 내가 처음 본 것은 하길종 씨의 「화분」(1972)이었다. 색조는 엉망이었고, 눈에 띄는 것은 길거리를 걸어가는 사람들의 자연스러운 모습뿐이었다. 그 뒤로는 색채 영화로 만든 한국 영화는 보지 않기로 작정을 하고 있었는데, 거의 강제로 보게 된 임권택 씨의 「만다라」(1981)는 나의 그런 불만을 깨끗하게 씻어주었다. 색조도 좋았고, 구도·줄거리·편집 다 좋았다. 그래서 알게 된 임권택 씨의 영화 몇 편을 더 찾아보았는데, 큰 실망은 없었다. 그러니 그렇게 잘된 영화라는 「깊고 푸른 밤」을 안 보러 갈 수가 없었다.

나는 그것을 아내와 함께 첫 회에 보러 갔다. 나는 내가 보고 싶은 영화는 대개 첫 회에 보러 간다. 표도 싸고, 표 사기도 쉽고, 때로는 앞 의자에 다리를 올려놓고 봐도 실례가 안 될 정도로 손님들이 적기 때문에 옆 사람들에 신경을 안 써도 된다. 이번에는 첫 회에 갔는데도 줄을 섰다. 11시 반에 시작인데, 표는 11시부터 판다는 것이었다. 나는 줄을 서서 기다렸고, 아내는 "손님 위주로 조금

일찍부터 표를 팔면 안 되나?" 하고 투덜거렸다. 우리는 모든 가게가 하루 온종일 열려 있어야 편리해한다. 마치 그 가게 주인은 장사만 해야지 다른 것을 해서는 안 된다는 투다. 나는 아내에게 표 파는 아가씨도 제 시간을 가져야 하고, 극장 주인도 노동 시간을 줄여줄 의무와 필요가 있다고 설득했으나, 아내는 들은 체도 하지 않다가, "저거 보기 흉하지 않아요?"라고 나에게 물었다. 아내 또래의 중년 부인들 서넛이 극장 앞에서 이런저런 이야기를 하며 웃고 있었다. "중년 부인들끼리 영화 보러 다니는 것 말이에요." "그게 어때서?" "보기 흉하잖아요." "뭐가?" "그럼 보기 좋아요?" "댄스 홀 다니는 거보다 열 배 낫구만." 아내는 입을 다물었고, 때가 되어 우리는 표를 사서 — 첫 회였기 때문에 우리는 천 원을 벌었다 — 들어갔다.

영화관의 의식에 따라, 우리는 경건하게 애국가를 들었고 뉴스와 문화 영화를 봤다. 나는 언제나 문화 영화 대신에 짧막한 만화영화를 상영하면 얼마나 좋을까 생각하는 사람이다. 규모가 작은 제작사에서 만드는 만화영화를 정부에서 사서 전국의 영화관에서 상영하게 하면, 유능한 만화영화가들을 싼 돈으로 양성시킬 수가 있다. 열몇 해만 만화영화가들을 키우면, 일본 만화영화를 텔레비전에서 보지 않을 수 있지 않을까? 어른들은 아이들이 일본의 만화·잡지·로봇 따위를 너무 좋아한다고 꾸짖지만, 날마다 일본 만화영화를 텔레비전으로 보는 아이들이 어떻게 일본 것을 싫어할 수 있다는 말일까? 가르치지 않아도 깨닫는 사람은 천재다. 그러나 불행하게도 거의 대부분의 아이들은 천재가 아니다.

영화의 색조는 맑고 깨끗했다. 너무 맑고 깨끗해서 그림엽서 같았다. 화면의 어느 곳에도 그늘은 없었고, 그래서 색조는 동화 속의 색조였다. 그것은 아픔 없는 색조였고, 스타들의 화려하고 예쁜 얼굴에 걸맞은 색조였다. 그 맑고 밝고 깨끗한 색조의 화면 위에, '사막과도 같은' 삭막한 인간관계가 펼쳐진다.

사건이 일어나는 곳은 미국의 로스앤젤레스이다. 멕시코에서 밀입국한 백호빈은 한국에 임신한 아내를 남겨

둔 채 영주권을 얻기 위해 영주권을 갖고 있는 한국 여자 제인과 계약 결혼을 한다. 백호빈은 영주권을 얻은 뒤 제인과 이혼하려 하지만, 그를 사랑하게 된 제인은 이혼을 거절한다. 아내를 사랑하는 백호빈과 그를 사랑하는 제인의 관계는 파국으로 끝날 수밖에 없는 관계이다. 간단하게 요약만 해도, 백호빈과 제인의 관계가 한국의 전통적인 연애 관계의 변형이라는 것이 명백하게 드러난다. 가정적인 여자, 현대적인 여자, 남자 주인공이 펼치는 삼각관계는 이광수의 『무정』에서 완성되어, 그 뒤로 우리나라 연애소설의 기본 유형이 된 삼각관계이다. 영화 「깊고 푸른 밤」은 그 삼각관계의 교묘한 변형이다. 고향에 두고 온 아내, 남자, 쓸쓸함에 지친 가짜 아내의 삼각관계는 뒤에 가서, 가짜 아내, 남자, 남자가 버린 제삼의 여자의 삼각관계로 변형되지만, 연애소설의 삼각관계는 그대로 남는다. 그 삼각관계에 재미를 더하기 위해 계약 결혼이라는 새 장치가 개발된다. 계약 결혼이란 법적으로는 혼인을 한 상태이지만 실질적으로는 혼인을 하지 않은 상태이다. 사랑이란 대개 혼인에 이르는 과정에서 문제되는 것인데, 이 영화에서의 사랑은 혼인 뒤에 문제되는 사랑이다. 이 영화가 주는 충격은 거기에서 오는 것이지만, 계약 결혼 자체가 주는 충격은 지속적이지 않고 순간적이다. 영화가 묘사하고자 하는 것은 계약 결혼의 허구성이 아니라 삼각관계이기 때문이다. 그 영화가, 감독의 의도와 관련이 있든지 없든지, 실제로 보여주고 있는 것은 딴 여자를 사랑하는 남자와 그 남자를 사랑하는 여자 사이의 괴로운 관계이다. 우리가 너무나도 익히 아는 그 관계를 재미있게 만들기 위해 영화「깊고 푸른 밤」은, 한국 영화로서는 꽤 과격한 섹스 장면, 여자 구타 장면, 그리고 안성기 씨가 샤워하는 장면, 뒤보는 장면들을 삽입한다. 영화 첫머리의 정사 장면, 제인의 집 안에서의 정사 장면, 바닷가에서의 정사 장면, 그리고 가게에서의 정사 장면은 충격적이고 선정적이지만, 제인의 집 안에서의 정사 장면 말고는 설득력이 없는 장면들이다. 다시 말해 섹스 영화에 가까운 장면들이다. 첫머리와 마지막에 나오는 여자의 배를 구타하는 장면도 매우 충격적이지만, 큰 설득력이 없는 장면들이며, 안성기 씨가 샤워하는 장면, 뒤보는 장면 또한 그러하다. 그런 장면들은 외국의 잔인한 영화들에서 너무나 많이 본 장면들이다. 그러나 좋은 외국 영화에서는 최소한의 의미나마 갖고 있는 그런 부류의 장면들이 이 영화에서는 별다른 효과를 얻지 못하고 있다. 이를테면 「옛날옛날 미국에서는」(1984)— 얼마 전에 우리나라에서도 "원스 어폰 어 타임 인 아메리카"라는 이름으로 개봉됐다 — 에 나오는 뒤보는 장면과 이 영화에서의 뒤보는 장면은, 엄청난 차이라고는 할 수 없을지 모르지만 적지 않은 차이를 갖고 있다. 가난한 사람들에게 변소는 거의 유일한 밀실이다. 그 밀실에서 그들의 모든 것을 푼다. 그러나 안성기 씨가 뒤를 보는 장면은, 그에게 관심 있는 여성 관객들은 안 그러하겠지만, 영화 진행에 아무런 도움도 주지 않고 있다. 지나가는 길에, 내가 본 뒤보는 장면 중에 가장 뛰어난 것을 하나 소개하고 싶다. "정열가"라는 제목의 프랑스 영화에는 한 자연애호주의자가 나온다. 그는 뒤가 마려우면 늘 야산으로 뛰어가는데, 그의 이런 버릇을 잘 아는 동네 아이들이 하루는 삽을 들고 뒤를 쫓는다. 그가 바지를 내리고 쭈그려

앉는 순간에 삽을 들이민 뒤, 아이들은 그가 일어나 바지를 여밀 때 삽을 치워버린다. 뒤를 본 사람들 대부분이 그러하듯이, 그도 바지를 여미고 나서 뒤를 돌아다본다. 아무것도 없다. 세상에 아무것도 없다니! 이런 뒤보는 장면은 역겹지가 않다. 오히려 그 장면이 없었더라면 그 영화가 살지 못했으리라고까지 생각하게 된다. 그러나 안성기 씨가 뒤보는 장면은 "자유·평등·기회의 나라 미국은 똥이다"라는 것을 보여주기 위한 것이었다고 하더라도 영화 진행에 큰 도움을 주지 못한다(관객 동원에는 도움을 줬는지도 모른다. 그렇다면 이해하겠다). 과장된 사실 묘사 때문에 얻게 되는 충격 효과는 일회적이며 비지속적이다. 다시 볼 때 우리는 익숙한 눈으로 그 장면을 본다. 영화 「깊고 푸른 밤」의 충격적인 장면들의 거의 대부분은 그런 충격들만을 준다. 그러나 정말 힘 있는 충격 효과는 사소한 것들의 집합에서 나온다. 과장되지 않은 사실들의 나열은 때로, 나아가서 대개 과장된 것들의 나열보다 훨씬 깊은 충격을 준다. 되풀이해 보면 볼수록 충격적인 장면들이 정말 충격적인 장면들이다. 이 영화에 나오는 보기를 들자면, 백호빈이 텔레비전을 보고 있을 때 제인이 두 시간 이상 보면 안 된다고 말하며 리모컨의 단추를 눌러버리는 장면 같은 것이 진짜 충격적인 장면이다.

이 영화뿐만이 아니지만, 한국 영화의 가장 큰 병폐 중의 하나는 좋은 외국 영화의 좋은 장면을 슬쩍 빌리는 버릇이다. 소설이라면, "누가 썼듯이"라고 덧붙이고 넘어갈 수 있지만, 영화에서는 "누가 썼듯이"라고 쓸 수가 없다. 그러니까 그냥 빌려 쓰는 수밖에 없는데, 꼭 필요해서 빌리는 것이 아닌 다음에야 그것은 소설에서보다 훨씬 눈에 거슬린다. 영화 「깊고 푸른 밤」의 마지막 장면은 그 자체로도 썩 좋은 장면이 아니다. 아내가 그를 배반하고 딴 남자와 혼인한다는 테이프를 틀어준 뒤에 제인은 백호빈에게 샌프란시스코에 가서 새롭게 출발해보자고 애원한다. 백호빈은 허탈하게 웃다가 격렬하게 차를 돌려 몰고 나간다. 그 조금 뒤에 총소리가 나고, 경적 소리가 울리고 제인이 차에서 내려 천천히 관자놀이에 총을 가져간다. 내가 알 수 없는 것은 ——내 아내도 알 수 없었다고 그랬지만 ─ 제인이 왜 차에서 내려 영화배우처럼 근사한 자세로 총을 관자놀이에 들이댔는가 하는 것이다. 내 상상력으로는 백호빈이 쓰러져 있는 곳을 제인이 그토록 쉽게 떠날 듯하지가 않다. 또 이것은 물질적인 상상력이지만, 급속도로 달리던 차가 갑자기 설 때 아무런 흔들림이 없었을까? 그를 위해 2만 달러를 헌신짝 버리듯이 버린 제인이 ─ 하기야 아무리 돈 많은 나라 미국이라 해도, 집주인에게 집 나간다는 전화 한 통화를 하고, 전셋돈을 빼내 오는 것도 뭔가 이상하긴 하지만─그토록 쉽게 백호빈을 쏠 수 있었을까? 그래도 설득하려고 하지 않았을까? 그런 기능적인 의문들은, "백호빈이 핸들 위에 쓰러지고 경적 소리가 계속 울린다"라는 멋진 장면을 만들어내기 위해 얼마만큼 억지를 부린 것이라고 생각해야 무난히 풀린다. 주인공은 쓰러지고 오랫동안 경적 소리가 울린다. 그 멋있는 장면은 배창호 씨가 이야기의 자연스러운 귀결로 만들어낸 것이 아니고, 로만 폴란스키 감독이 만든 「차이나타운」(1974)의 맨 마지막 장면에서 빌려온 것이다,라는 것이 내 생각이다. 폭력단의 거물인 아

버지·딸, 그 딸의 동생도 되고 자식도 되는 아이 사이의
어두운 관계가 배경을 이루고 있는 「차이나타운」의 마지
막 장면에서 울리는 경적 소리는 어두운 밤하늘로 퍼져
나가 그 딸의 외침 소리처럼 들리지만, 「깊고 푸른 밤」의
마지막 장면의 경적 소리는 밝은 대낮 사막 한복판에서
울려퍼져, 차라리 트럼펫 소리같이 들린다. 그 경적 소리
는 「차이나타운」의 경적이 상징하는 절규와 무관하다. 그
것은 공연한 겉멋 부림이며 차에서 내려 비장하게 — 장
미희 씨의 그때 얼굴은 왜 그리 아름답게 분장되어 있는
지! —자기 관자놀이에 총을 들이대는 제인의 겉멋 부림
에 적절하게 대응한다. 그 겉멋 부림은 백호빈과 제인의
고통이 밝고 가벼운 고통이지 생존의 밑바닥에서 솟구쳐
올라오는 절규 같은 고통이 아니라는 것을 암시한다. 그
겉멋 부림은 그 영화의 밝고 깨끗한 색조가 보여주는 화
사한 겉멋 부림이다. 그 겉멋의 세계에는 고통받는 체하
는 사람들은 있어도 고통받는 사람은 없다. 그들의 감정
은 뒤에 가서 매우 중요한 역할을 맡고 있는 백호빈을 찾
는 신문 광고의 터무니없는 크기처럼 — 미국에서 발간

227

되는 한국어 신문에는 사람 찾는 광고가 그렇게 크게 나는지 몰라도 한국에서 신문에 나는 사람 찾는 광고는 일반적으로 그렇게 크지 않다 ─ 터무니없이 크거나 작다. 빈민가에서 사는 백호빈에게 가난의 고통은 조금도 고통스럽지 않다. 제인에게도 가난의 그림자는 흔적도 없다. 백호빈이 가게에서 일하는 장면들은 차라리 그가 아주 좋은 곳에서 일하고 있다는 느낌을 준다. 제인 또한 그러하다. 그들에게 빠져 있는 것은 생활이다.

적지 않은 한국인에게 아직도 미국은 꿈의 나라이다. 6·25전쟁을 피부로 겪은 세대에겐 더 그러하다. 미국은 "자유와 평등, 기회의 나라" "이 세상에서 가장 위대한 나라"이다. 그 나라에서 영주권을 얻으려는 사람들은 대개 한국에 대해 강한 불만을 갖고 있는 사람들이다. 또는 가장 위대한 나라에 대해 강한 선망을 갖고 있는 사람들이다. 그들의 미국에 대한 꿈은 너무 크고 깊어, 그 무엇으로도 그것을 다스릴 수 없다. 백호빈이나 제인도 마찬가지로 그러한 사람에 든다. 영화는 그 둘의 과거를 거의 보여주지 않지만, 그 둘이 얼마나 미국을 동경했는지는 분명히 보여준다. 그들이 미국을 선망한 것은 미국에서는 일만 하면 돈을 벌 수 있다는 소박한 믿음 때문이다. 그 믿음이 터무니없는 것은 아니지만 올바른 것도 아니다. 그 믿음을 퍼뜨린 것이 미국의 꿈이라는 오래된 신화이다. 그 믿음 때문에 백호빈은 영주권을 얻으려고 기를 쓰지만, 이미 영주권을 얻은 제인은 그 믿음만으로 미국에서 살 수 없다는 것을 뒤늦게나마 깨닫는다. 그런 의미에서 보자면, 「깊고 푸른 밤」은 백호빈에 대한 영화라고 하기보다는 제인에 대한 영화라고 하는 것이 더 어울릴 영화이다. 그 영화가 보여주는 중요한 내용 중의 하나는 미국의 꿈이 반드시 아름답지만은 않다는 것이기 때문이다. 그러나 실제로 그 영화는 미국의 꿈을 비판하는 영화가 아니라, 백호빈의 여자관계를 그린 영화이다. 백호빈은 미국의 꿈에 환멸을 느껴 죽음의 길을 택하는 것이 아니라 여자들의 쟁탈전에 말려 죽음의 길에 들어선다. 그의 미국의 꿈은 가슴속에 그대로 남아 있다. 나는 배창호 감독이 차라리 제인의 환멸을 그리는 쪽을 택했더라면 더 훌륭한 한 편의 영화를 만들 수 있지 않았을까 하고 생각한다. 제인은 부차적인 인물로 나오기에는 너무 아까운 인물이다. 제인을 통하면, 미국의 다른 면이 나타날 수 있다. 백호빈의 미국은 아직도 물질적인 부의 미국이다. 비록 백호빈의 입을 통해 나온 대사는 아니지만, "미국에 오니 모든 것이 미제더라"라는 그의 가게 친구의 말은 백호빈의 꿈이 물질적인 꿈임을 잘 드러낸다. 그는 하루 온종일 일해서 엄청난 돈을 벌어 호사스럽게 살려 한다. 그 물질적 꿈은 백호빈이 생각한 미국의 꿈이 인간적인 꿈이 아니라 일확천금의 꿈이라는 것을 보여준다. 그는 금을 캐러 간 사람이지 생활을 하러 간 사람이 아니다. 생활을 안 하는 사람이기 때문에 낮에 일하는 백호빈과 밤에 일하는 제인이 밤에 거실에 같이 앉아 있는 이상한 일들이 일여난다. 불가능한 일들을 가능한 일처럼 보이게 하는 사람을 마술사라고 부른다면 배창호 씨는 뛰어난 마술사이다. 그의 마술은 생활이 아닌 것을 생활처럼 보이게 한다.

영화는 그 역사가 그리 오래지 않으면서도 소설 ─ 소일거리로서의 이야기 ─ 의 위치를 강하게 위협하고 있는 힘 있는 예술이다. 영화가 나오기 전까지, 영화도 이제는 텔레비전에 그 자리를 내주기 시작하고 있지만, 소설은 거의 유일한 소일거리였다. 주로 장터나 여관 같은 곳에서 이야기되던 이야기는 인쇄술이 발달하면서 소설로 변해 중요한 예술 장르를 이룬다. 영화는 그 소설의 위치를 빼앗은 예술이지만, 그 역사가 짧기 때문에 소설만큼 역사의 무게를 크게 받지 않고 있다. 그 말을 뒤집으면, 영화는 세계적으로 인정받기 쉬운 예술 장르이다. 시 · 소설 · 희곡 · 수필 · 비평 같은 분야에는 세계적인 거인들이 너무 많아, 그 거인의 자리에 쉽게 올라서기 어렵지만, 영화의 경우에는 그리 어렵지 않다. 영화의 역사가 짧기 때문이다. 일본 영화, 특히 구로사와 아키라 감독의 영화들이 세계적인 높이에 이르러 있다는 것은 의심할 구석이 없지만, 아시아의 경우 인도의 영화도 상당한 수준에 올라와 있으며 그렇게 평가되고 있다. 한국의 경우에도 한국의 예술을 세계적으로 알리는 데는 영화가 가장 빠른 길이다. 좋은 영화들이 소개되면 자연히 다른 예술에 대한 관심이 일게 마련이다. 그런데 좋은 영화들이 만들어지고 있지 않다. 왜 그럴까? 거기에도 복잡한 여러 가지 사정이 있겠지만, 좋은 영화를 자유롭게 많이 볼 수 있는 영화 도서관이 없는 것도 그 원인의 하나임에 틀림없다. 한국에도 프랑스의 영화 도서관처럼 날마다 서너 편의 세계적인 명작을 상영하는 도서관이 있어야 한다. 좋은 작품을 보지 않고서 좋은 작품을 만들 수는 없다. 한국 영화는 말할 것도 없거니와 뛰어난 외국 영화들을, 작가에 따라 주제에 따라 날마다 서너 편씩 상영하는 도서관에서 서너 해 공부하면 저절로 눈이 틔게 마련이다. 좋은 작품을 많이 보면, 좋은 점들이 내면화되어 표면적으로 베끼는 단계를 벗어나게 된다. 그 내면적인 베낌이야말로 가장 힘 있고 아름다운 베낌이다.

최인호 씨의 독자들을 위해서 하는 소리이지만, 영화 「깊고 푸른 밤」은 소설 「깊고 푸른 밤」과 완전히 다른 작품이다. 영화가 소설에서 빌려온 것은 제목뿐이다. 소설은 한국에서 가수 생활을 하다가 미국에 온 한 인간의 내면적인 고뇌를 '나'와 '그'의 자동차 여행을 통해 그려낸 좋은 작품이다. 최인호 씨의 모든 작품을 다 좋아하는 것은 아니지만, 나는 그 작품을 좋아한다. 최인호 씨의 작품 중에서 과장이 자연스러운 몇 안 되는 작품 중에 그것이 든다. 빈털터리로 싸구려 하숙방에서 살아가고 있는 대마초 가수의 아픔을 그보다 더 잘 그려낼 수는 없으리라고 생각한다. 그 작품이 영화 「깊고 푸른 밤」으로 완전히 다르게 변모한 것이다. 미국으로 쫓겨간 한 한국 지식인의 고뇌와 좌절은 「옛날옛날 미국에서는」의 음조로 바뀌어 맥 빠진 연애 영화로 끝난다. 영화 「깊고 푸른 밤」의 결말은 소설 속의 두 떠돌이, "지난 10여 년 동안 한시도 제대로 쉬지 못하고" 혹사당한 인기 작가와 "인기 절정에서 소위 대마초를 피운 죄로 지난 4년간 무대를 빼앗긴 불운한 과거를 가진" 가수가 분노와 좌절에서 벗어나 한 사람은 빈손의 개인으로 되돌아가 단순히 위로받고 싶다고 느끼고 또 한 사람은 그의 분노와 좌절이 극복되는 것을 공감 섞인 시선으로 바라다보는 소설의 성숙한 결말에 비추어볼 때 너무 안이하고 선정적인 변형이라 하지 않을 수 없다.

나와 내 아내는 장미희 씨가 관자놀이에 총을 들이대자 자리에서 일어났다. 곧 불이 켜졌고, 그동안 많은 사람들이 들어와 앉아 있는 것을 확인할 수 있었다. 첫 회부터 사람들이 몰리고 있었다. "어때 좋아?"라고 나는 물었고, "장미희 얼굴하고 목소리밖에 볼 게 없네요"라고 아내가 대답했다. 그 목소리가 진짜 장미희 씨의 목소리였을까? 하기야 백 퍼센트 동시 현장 녹음이라고 떠들썩하게 선전하는 걸 나도 신문에서 본 듯했다. 그러나 백호빈이 살고 있던 싸구려 아파트에 제인이 우편물을 찾으러 갔을 때 어째서 층계가 삐걱거리는 소리 한번 안 울렸을까? 그 영화의 음향 또한 색조와 마찬가지로 맑고 깨끗했다.

(1985)

234

5 미술관을 나오면서

가우디

유럽 기행은 그림과의 해후邂逅이다. 도시의 곳곳에서 그 도시가 키워서 그곳의 맛을 다른 도시의 사람들에게 널리 알린, 혹은 거의 알려지지 않았지만 그 나름의 가치를 충분히 지닌 예술가들을 여행객들은 만나지 않을래 만나지 않을 도리가 없었다. 그들은 언제나 봉사할 준비가 되어 있는 안내자들이기 때문이다. 나는 물론 미술 비평가도 아니며 전문적인 감식안을 가진 감상가도 아니다. 그러함에도 불구하고 낯선 도시에서 갑자기 나를 습격하여 나의 목덜미를 잡아끌고 그의 세계 속으로 들어오라고 소리치는 많은 예술가들을 만났다. 그들 앞에서 나는 놀라고 당황해하였고 감탄하였고 감동했다. 그 감탄과 감동은 나로 하여금 그들에 대해서 생각하지 않을 수 없게 만들었고, 그 생각은 글을 쓰고 싶다는 욕망을 낳았다.

뛰어난 예술가들로 하여금 작품을 만들지 않을 수 없게 한 그 욕망이 나의 내부에서도 타오른다. 그래서 서툰 글을 쓰게 만드는 것이다. 부활절 방학을 이용하여 나는 오랜 칩거 생활에서 벗어나 스페인으로 여행을 떠났다. 손바닥만 한 방 속에서 지내는 동안에 내 내부에 쌓인 수치심·절망·외로움 따위의 앙금들을 나는 여행으로 치료할 작정이었다. 그리고 바르셀로나에서 나를 전격적으로 기습하여 그의 망령을 걸머지고 다니게 만든 한 건축가를 만났다. 아니 만났다기보다는 그의 방문을 받았다. 그는 가우디라는 이름을 갖고 있었다. 나는 그를 사그라다 파밀리아(성가족 교회)에서 처음 보았다. 그 건물은 내부가 완전히 건축되지 아니한, 그러니까 골조만 서 있는 건물이었는데도 그것은 나를 완전히 압도했다. 묘하게 만들었다고 표현할 수밖에 없도록 바로크·고딕·로만 등의 양식들이 제멋대로 혼합되어 있는 그 건물은 이상한 충격을 주었다. 1926년 전차에 깔려 죽어 가우디는 그것을 완성시키지 못했다. 더군다나 그가 설계도 없이 순간순간의 영감에 의해 건축을 진행시켜나갔으므로 40년 이

후에 다시 시작한 작업은 난항 중의 난항인 모양이었다. 그의 진짜 얼굴을 나는 그 후에 가보았던 구엘 공원에서 볼 수가 있었다. 그것은 산등성이에 만들어진 전원도시였는데, 애당초의 계획으로는 60여 채의 건물이 들어서기로 되어 있었으나, 가우디가 실제로 건축한 것은 두서너 개의 집과 산책 회랑散策回廊·공원 입구 등 몇 개에 지나지 않았다. 그러나 그것은 정말 환상적으로 아름다웠다. 길과 계단, 그리고 건물의 지붕·창·산책 회랑은 인간의 꿈이 만들어낸 한 편의 시였다. 고대 중국 자기刺器의 색깔을 많이 이용한 산책 회랑이나 건물의 둘레 장식 그리고 길 등은 현대 건축의 특징 중 하나인 직선을 거의 사용하고 있지 않았다. 그의 건축은 전부가 부풀어 오른 파도, 까칠까칠한 조가비, 꽃술이 많은 꽃 모양으로 이루어져 있었다. 1852년에 레우스에서 태어나 바르셀로나에서 건축 공부를 한 안토니오 가우디는 현대 건축의 주조류主潮流와 동떨어져 꿈과 환상 속에서 산 건축가이다. 자연에 속하지 않은 모든 것이 그에게는 못마땅하게 비친 모양이었다. 그 공원에서 순진하게 뛰놀고 있는 아이들을 보았을 때 나는 나에게 다시 삶이 주어져서 그 삶의 장소를 선택하라고 한다면 가우디의 구엘 공원에서 살겠다고 생각하였다. 한 예술가가 자신의 꿈을 아름답게 표현한 곳에서 산다는 것, 다시 말해서 예술가의 위대한 꿈 속에서 산다는 것처럼 행복한 일이 어디 있으랴! 가우디는 "고통은 인위적인 것이다. 왜냐하면 인간은 숨을 잘 쉬도록 만들어져 있기 때문이다"라고 과감하게 말한 한 철학자를 상기시켜주었다. 그는 나에게는 비현실적인 것의 기능이 현실적인 것의 기능을 강화하고 보완시킨다는 것을 확인시켜준 최초의 건축가이다. 자기가 그것을 분할하고, 거기에 형태를 부여하게 될 공간만을 생각하다가 전차에 깔려 죽는 한 예술가의 죽음까지도, 그가 남겨놓은 꿈을 전설화시키는 것이었다.

피카소

바르셀로나가 그 중심지인 카탈루냐 지방은 예술의 고장이다. 가우디와 같은 건축가를 비롯하여 파블로 피카소, 조각가 파블로 가르갈로 그리고 첼리스트 파블로 카잘스를 그곳은 세계에 보여주었다. 바다와 청명한 기후가 그런 예술가들을 만들어낸 것은 아닌지. 바르셀로나의 피카소 미술관에서 본 피카소는 한국을 떠나기 전에 볼 기회를 가졌던 서울 덕수궁에서의 피카소와는 상당히 달랐다. 한국에서 본 피카소는「엘뤼아르 부인」을 제외하고는 유화가 거의 없는 판화뿐이었는데, 피카소 미술관에서 본 그는 그의 초기의 습작 시대에부터 만년의 벨라스케스의 모작模作에 이르기까지 다채롭게 전시된 그였다. 그 피카소 미술관은 14세기에 세워진 옛 왕궁의 하나였는데, 거기에 그가 그의 친구 사바르테스에게 기증한

스케치·유화·판화·수채화 등이 수백 점 전시되어 있었다. 그 미술관은 한 예술가의 뒤에는 언제나 그를 열심히 도운 후원자가 있다는 사실을 확인시켜주었다. 거기에 그의 대표작들이 있는 것은 물론 아니다. 그의 대표작들 중에서는 청색 시대에 속하는 「병든 아이」(1904)와, 그리고 「광대廣大」(1907)가 거기 있었고, 벨라스케스 모작인 「스페인 공주의 친구들」(1959)이 있었다. 그 원작을 나는 뒤에 마드리드의 프라도 미술관에서 볼 수 있었다. 거기에는 그것만을 위해 방을 하나 따로 마련해두고 있었고, 그의 그림을 더욱 잘 이해하게 하기 위해 빛과 거울을 이용해서 그 그림의 평면성을 뛰어넘을 수 있게 장치해두어 보는 사람의 이해를 쉽게 해주었다. 그 모작은 그러나 원작과 너무나 다른 그림들이었다. 피카소 미술관에서 본 피카소는 나에게 두 가지 것을 상기시켜주었다. 하나는, 예술가란 그를 키운 고장의 풍물에서 완전히 자유스러울 수가 없다는 것이었고, 또 하나는 피카소의 예술은 예술에 대한 질문으로 시종한 것이었다는 것이었다. 투우를 비롯한 스페인 특유의 풍속을 나는 그의 그림들 속에서 유감없이 구경할 수 있었다. 예술가는 그를 키운 문화적 젖줄에서 완전히 자유스러울 수가 없는 것이다. 그러나 그 무엇보다도 그 미술관에서 내가 배운 것은 피카소의 예술이 끊임없는 예술에의 질문이었다는 사실이다. 그림 공부를 막 시작하였을 때의 스케치에서부터 후기의 벨라스케스 모작에 이르기까지 수백 점이 전시되어 있는 그 미술관은 피카소가 어떤 경로로 그의 그 자유분방한 그림들을 그릴 수 있었는가 하는 것을 명백하게 보여주었다. 초기의 엄격한 데생 훈련은 점차적으로 그가 영향받은, 혹은 그에게 상당한 충격을 준 것으로 보이는 미술가들, 예를 들면 모딜리아니나 로트레크의 모작들을 가능케 하고, 피카소 후기의 대표작 중의 하나인 벨라스케스 모작들을 낳는다. 그 모작 이후에 그가 보여주는 성性을 주제로 한 판화들에게 있어서까지도 그 흔적은 뚜렷하게 남아, 모델을 놓고 그림을 그리는 미술가가 그의 그림 속의 중요한 주제 중 하나로 등장하고 있는 것이다.

현대미술의 거의 모든 운동의 선구라고 할 수 있는 그의 작품들은 "제작制作이라는 것은 무엇인가" 하는 것을 진지하게 그리고 독창적으로 질문하고 있다. 미술가는 무엇을 어떻게 그려야 하는가 하는 현대미술 최대의 질문을 그는 몸으로 보여주고 있었다. 현대소설은 스탕달에서, 현대시는 보들레르에서, 그리고 현대음악은 드뷔시에서 끝이 났다는 예술 비평가들의 말이 맞는다면 미술은 세잔에서 끝이 났고 그 이후의 모든 작업은 모작의 과정, 다시 말해서 제작하는 사람의 즐거움과 고통의 과정을 드러내는 것 이외에 다른 아무것도 아닐지 모른다. 제작의 즐거움을 극한까지 밀고 나간 것 같은 피카소는 나에게 되풀이해서 묻고 있다. "그림을 그린다는 것은 과연 무엇이며 그것은 그럴 만한 가치가 있는 것인가." 월요일 아침에 찾아갔기 때문에 오후에 다시 가서 겨우 볼 수 있었던 피카소 미술관의 피카소는 제작하는 순간의 자기를 다시 되돌아보길 강요한다. 그것이 그를 얼마나 고통스럽게 만들었을까.

고야

아마추어는 감상하지 않는다. 그는 그냥 달려든다. 마드리드의 프라도 미술관에서 나는 대뜸 고야와 루벤스에게 달려들었다. 아마추어는 한 폭의 그림을 그 자체로서 보고, 감상하고 비판할 줄 모른다. 그래서 달려드는 것이다. 나 역시 프라도 미술관의 모든 그림을 감상할 만한 안목을 갖지 못했으므로 루벤스와 고야만을 보기로 작정했다. 그리고 고야에게 완전히 감동했다. 나는 거기서 그의 전 작품을 볼 수 있었다. 왕립 타피스리 제작소를 위한 40여 점의 풍속화(그것으로 만든 타피스리를 마드리드의 팔라치오 레알에서 나는 보았다)와 1808년의 독립 전쟁 이후에 전쟁의 참상을 소리 높여 고발하고 있는 「전쟁의 참상」(1808)이라는 수채화, 그리고 「1808년 5월 2일」(1814), 「1808년 5월 3일」(1814), 1820년 이후의 「음울한 그림들」을 보았을 때, 그것을 참으려고 애를 쓰다가 견딜 수 없어 아픔의 소리를 내지르는 한 병사의 신음 소리가 내 폐부에서 울려 나왔다. 어린아이나 마드리드의 시정 풍속을 주제로 한 그림들과, 궁정 화가였기 때문에 그리지 않을 수 없었을 왕족들의 초상화와는 다르게 그의 전쟁 그림들과 음울한 그림들은 전쟁 속에서 어린 시절을 보낸 한 이방인을 극심하게 자극했다. 나에게 있어서 고야는 영화 「벌거벗은 마야」(1958)에 나오는, 사랑에 그의 전부를 건, 한 정열적인 낭만주의자였다. 그런 그가 프라도 박물관의 고야관館을 들어서자마자 전쟁의 참상이라는 얼굴로 나에게 대들었다. 정신없이 그에게 달려든 나를 그쪽에서 먼저 기습한 것이었다. 그 제목 밑에 그려진 수십 점의 수채화들은 인간이 얼마나 잔인할 수 있는가 하는 것과, 서민들이 전쟁을 통해 얼마만큼 고통을 받는가 하는 것을 역력하게 보여주는 것이었다. 그리고 전쟁의 참상을 우주적 차원으로 확대시킨 그림들이 나를 완전히 압도했다. 나는 전문적인 미술 비평가가 아니다. 그래서 그의 그림을 미학적인 차원에서 이해할 만

1808년 5월 3일

한 능력을 갖고 있지 못하다. 그러나 그의 그림은 지나치게 충격적이었다. 「1808년 5월 3일」이라는 그림과 「거인」(1808~12)이라는 그림을 예로 들어보자. 「1808년 5월 3일」은 컴컴한 초롱불 때문에 약간은 밝은 언덕을 배경으로 흰 셔츠를 입은 공포에 질린 한 사람과 그를 향해 총을 겨누고 있는 10여 명의 군인들, 그리고 차마 그것을 볼 수 없어, 혹은 공포에 질려, 혹은 완전히 절망하여 눈을 가리거나 내리깐 서민들을 그리고 있다. 두 손을 번쩍 쳐든 사내 앞에는 이미 여러 명의 사람들이 피를 흘리고 쓰러져 있다. 무엇보다도 충격적인 것은 그 사내의 저주하는 듯한, 애원하는 듯한, 공포에 질린 듯한 눈이다. 그 눈은 병사를 향한 것 같지 않고 바로 나를 향한 것 같다. 「거인」은 공포를 우주적 차원으로 끌어올리고 있다. 거대한 거인이 구름 속에서 싸움하듯 주먹을 쥐고 공격할 자세를 취하고 있다. 들판에는 무엇에 쫓긴 듯 수많은 말〔馬〕과 사람, 그리고 포장마차가 정신없이 도망치고 있다. 자신들이 만들어낸 세계에서 바로 그 세계에 쫓겨 도망치는 사람들의 공포, 그것은 일종의 지옥도였다. 고야의 그림은 그 나름대로 세계의 진상을 보아버린 한 환상가가 내지르는 고통의 소리다. 그의 그림 앞에 서 있으려니까 내 가슴의 저 밑바닥에서 나를 억압하고 있던 죽음에의 공포와 아픔이 크게 소리를 내질렀다. 이것이다, 내가 무서워했던 것은 바로 이것이다라고 내 내부는 소리 지르는 것이었다. 그 그림들에서, 그래서 나는 예술이란 고통하는 자의 소리이며 고문하는 자의 소리라는 오래전부터의 내 생각을 다시 확인할 수 있었다. 고문하지 않는다면, 이 세계의 의미에 대해서 다시 질문하지 않는다면, 이 세계가 과연 살 만한 세계인가 아닌가에 대해 다시 묻지 않는다면 예술이란 과연 무엇일까. 유토피아가 왔을 때 이 모든 고통의 소리는 무용해질 것이라는 순진한 사람들의 외침을 모르는 것은 아니다. 그러나 아플 때 소리를 내지르지 않는다면 그 아픔이 과연 아픔일 것인가. 인간은 아플 때 소리를 지르게 되어 있다. 누구보다도 아프게 소리를 내지른 고야가 계속해서 나를 고문하면서 내지르는 소리가 그것이다.

브뤼헐

새로 증보 간행된 야스퍼스의 스트린드베리, 횔덜린, 반
고흐에 대한 연구서를 읽다가 불현듯 반 고흐에 사로잡
혀 그를 보기 위해 4월 중순에 암스테르담으로 길을 떠
났다. 차를 갈아타기 위해서 내린 브뤼셀에서 반 고흐에
앞서 나는 브뤼헐을 만났다. 벨기에 국립 박물관에서 보
게 된 4, 5점의 브뤼헐은 프라도 박물관에서 본 한 점의
브뤼헐(거기서 브뤼헐은 해전海戰을 하고 있었다)과 함께
유럽의 중세에 대해서 거의 아무것도 모르는 나를 이상
한 충격 속으로 밀어 넣었다. 내가 브뤼헐을 처음 본 것
은 펙스트 회사의 달력에서였다. 그것은 "눈 속의 사냥
꾼"이라는 제목의 그림이었는데, 나는 그것이 처음에는
저 고독한 세리稅吏 앙리 루소의 그림인 줄로 착각하였
다. 그만큼 그것은 현대적인 단순성을 갖고 있었던 것이

베들레헴의 인구 조사

다. 거의 동시대의 루벤스나 렘브란트에 비해 그는 얼마나 단순하게 배경과 인간을 묘사하는 것일까. 브뤼셀에서 본 브뤼헐의 몇 폭 그림들은 루벤스나 렘브란트가 거기에 갇혀 있다는 것과는 약간 다른 의미로 그 역시 중세에 갇혀 있음을 보여주었다. 그는 루벤스나 렘브란트와 다르게 초상화를 거의 보여주지 않는다. 또한 그는 그들처럼 희랍 신화에 집착하지도 않는다. 내가 본 바에 의하면, 그는 성경 당대聖經當代의 풍속에 완전히 사로잡혀 있었다. 그리스도를 낳은 「동정녀 마리아」 「베들레헴의 인구 조사」 「바벨탑」 등 그의 주제들을 그는 그 특유의 과장된 단순성으로 표현한다. 인물들은 만화 속의 주인공들처럼 단순한 선으로 처리되고 그 인물들을 자리 잡게만드는 나무집·마차 따위들도 국민학교 학생들의 그림들처럼 푸근하게 단순하다. 특히 그의 「새 덫이 있는 겨울 풍경」이나 「베들레헴의 인구 조사」 등은 눈[雪] 색깔로 세계를 과감하게 단순화시킨 후에 그 속에서 사는 인간들을 마치 개미 떼처럼 만들어버린다. 인간의 하찮음은 풍경의 단순성에 의해 더욱 돋보인다. 그의 그림들을

맹인들의 우화

보고 있노라니까 하위징아가 『중세의 가을』에서 그린, 성경 속의 한 디테일을 설명하기 위해 몇 날 며칠을 소비하는 사제司祭들의 우둔함과 혹은 단순함이 생각난다. 그러나 그의 그림은 그렇게 단순하지 않다. 그의 전쟁 그림들이 보여주는, 일종의 무기질과 같은 형태를 하고 있는 병정들과, 그들이 들고 있는 창으로 상징될 수 있는 힘은 그앞에서 힘없이 쓰러져가는 서민들을 동물이나 곤충으로 만들어버린다. 어떻게 해서 그렇게 되었는지는 알 수 없지만, 그러나 그렇게 되지 않을 수 없는 인간의 비참함이 그의 단순한 형태를 통해 나에게 전달되자 그것은 내 내부에서 불이 되어 타올랐다. 맹인이 인도하는 세계에 갇힌 맹인들의 슬픔과 아픔이 그때 나를 습격해온 것이었다. 낭만주의자들에 의해 발견되어 그 의식과 풍습의 아름다움을 인정받은 저 중세의 하늘 밑에 낭만주의자들이 보지 못한 인간의 아픔과 고통과 절망이 있었던 것이다. 박물관을 나오면서 사 든 그의 화집畫集 속에서 나는 새로이 나를 깊이 충격한 세 점의 그림을 보았다. 하나는 베를린 박물관 소장의 「두 마리 원숭이」였고, 다른 것들은 파리 루브르의 「거지들」, 나폴리의 「맹인들의 우화」였다.

하나의 고리에 매어 있는 두 마리의 원숭이와 맨 앞에 가는 맹인이 쓰러지자 연달아 쓰러지는 맹인들, 그리고 무엇에 놀랐는지 확실한 것은 알 수 없지만 극도의 공포에 질려 우왕좌왕하는 다섯 사람의 거지들이야말로 중세의 신비스러운 탑塔 속에 갇힌 인간이라는 동물의 진짜 얼굴을 보여주었다. 중세의 귀부인들의 우아한 옷 속에 감춰져 보이지 않던 인간의 불행이 브뤼헐의 손을 통해 나에게 다가온다. 나는 가슴을 열고 그것을 그대로 받아들였고, 그래서 그 아픔으로 오래 떨었다.

고흐

반 고흐의 원화原畫를 보고 싶다는 것은, 루오와 모딜리
아니의 그것을 보고 싶다는 것과 함께 나의 오랜 꿈 중의
하나였다. 그 꿈을 나는 이번에 완성시켰다. 암스테르담
에 내리자마자 나는 반 고흐 미술관을 찾아갔다. 2백 점
의 유화, 4백 점의 스케치, 그리고 6백 통에 달하는 그의
편지가 소장되었다는 반 고흐 미술관에는 예의 일본인들
로 들끓고 있었다. 현대식으로 건축된 그 미술관에서 그
러나 나는 대번에 야스퍼스가 진짜 미치광이라고 부른
반 고흐를 만나지 못했다. 나는 그를, 내 주위를 둘러싸
고 있는 사람들과 그 현대식 건물에서 완전히 벗어난 후
에야 만날 수 있었다. 고흐의 광기마저 그 사회가 흡수했
다는 것을 보여주려 하는 한 상징인 듯, 그 현대식 미술관
은 넓은 공간과 밝은 빛으로 나를 내리눌렀고, 초라하게

찌그러져서 쓰라린 내부의 소리를 내지르고 있으리라 생각한 고흐를 관광객에게 싸구려로 팔고 있었다. 다른 사람이 수집한 고흐에게서 고흐만의 고통을 보여달라고 요청한다는 것은 지나친 일인지 모른다. 그 미술관에 갇혀 있는 고흐보다는 저 남불의 하늘 밑에서 점차로 미쳐가는 그를 생각하는 것이 오히려 나를 편안하게 만들었다. 하기는 그 아를에서도 나는, 그가 고갱에게 접시를 내던졌다는 카페도, 그가 살고 있었던 집도 보지 못했다. 전쟁통에 파괴되어버린 것이었다. 그러나 그 미술관에서는 정말로 고흐의 그림들이 풍부하게 전시되어 있었다. 네덜란드 풍경 화가의 영향 밑에서 제작된 그의 초기 그림들에서부터 인상파에 완전히 압도되었을 때 그린 그림들, 그리고 서서히 미쳐가면서, 미쳐가는 자신과 싸워가면서 그린 1888~89년 작품들, 그리고 생 레미 요양소에서 그린 자살 직전의 그림들을 나는 거의 다 볼 수 있었다. 유명한 「오베르 교회」를 제외한 거의 모든 그의 그림들을 본 셈이다. 더구나 그의 스케치와 그가 거기에서 많은 영향을 받은 일본 풍속화첩은 그것을 전연 기대하지 않았

257

던 나에게 많은 도움을 주었다. 고흐를 보고 나서 느낀 최초의 감정은, 현대미술이라는 이름 밑에서 가짜 미친 짓을 하는 수많은 화가들에 대한 증오였다. 고흐가 그의 생명을 소진해가며 보여준 이 사회의 한 징후를, 머리로 이해하여 그것을 재구성하려는 가짜 미친놈들의 그림을 우리는 얼마나 많이 대하는 것일까. 미쳐서 결국은 자살까지 한 한 미치광이 예술가에게서, 그의 고통과 아픔을 보는 대신에, 미치는 시늉을 함으로써 그를 이해·모방하려고 하는 예술가들의 제스처. 고흐의 그림은 그러나 예술이 제스처가 아니라 바로 고통 그 자체임을 보여준다. 인상주의의 저 맑고 아름다운 부르주아지적인 세계 속에서 그는 그 자신의 고통과 절망을 찾아낸다. 그리고 기름과 물감으로 화폭을 바르는 것이 아니라 자신의 몸으로 그것을 바르는 것이다. 속이 텅 비어 있는, 다 찌그러들어가는 구두, 형태를 잃고 녹아내리는 푸른 나무의 뿌리들, 불꽃처럼 타오르는 나뭇잎들, 흔들거리는 길과 그 위를 불길하게 나는 검은 새들이야말로, 마네나 모네, 마티스의 세계 밑에서 그가 발견한, 그의 환상이 바라다본 대상들이었다. 그는 그를 습격해온 광태狂態를 이해하기 위해 상당한 노력을 하였다. 그러나 그는 그것을 명확하게 이해하지는 못했다. 그럼에도 불구하고 그의 그림들을 바라보고 있으면 그 자신이 하나의 광태가 되어, 그의 그림을 바라다보는 사람에게, 그의 광태의 의미에 대해서 질문하기를, 그리고 자기 존재 속에 숨어 있는 심연을 바라다보기를 강요하는 것이다. 그는 그 자신이 고통의 기록이며 동시에 고통인 예술가 중의 하나이다. 자신의 고통을 관찰하면서 자신을 고통 그 자체로 묘사한다는 힘든 일을 그는 해낸 것이다. 그것이 그리고 그를 가짜 미치광이와 가른다. 진짜 고통하는 사람은 자신이 거기에서 벗어나야 한다는 것을 알고 있다. 그러나 가짜로 고통하는 사람은 그것을 오히려 즐긴다. 그것은 아프지 않기 때문이다. 그러나 진짜로 아프지 않고 어떻게 남에게 진짜 아픔의 소리라고 느껴질 소리를 내지를 수 있을까. 그의 광태마저도 현대식 건물 속에 수용해버린 사회를 향해서, 우리에 갇힌 짐승처럼 고흐는 소리 지른다. "나를 이곳에서 나가게 해다오"라고.

드가

20여 개가 넘는 파리의 박물관 중에서 비교적 널리 알려져 있는 것이 루브르 박물관, 실내 정구라고나 번역할 수 있을지 모를 죄드폼이라고 불리는 인상주의 미술관, 국립 현대미술관, 파리 시립미술관, 그리고 로댕 미술관과 들라크루아 미술관이다. 루브르 박물관에서 특수 장치를 한 모나리자를 감시원이 내내 지키고 있는 것을 보았을 때, 그리고 그 앞에서 장터에서처럼 북적거리고 있는 일본 관광객을 보았을 때의 구역질을 나는 잊을 수가 없다. 그것은 한 폭의 그림과 그것을 바라보는 감상객들의 보기 좋은 광경이 아니라 하나의 전설과 그 전설을 확인하려는 호사가들의 보기 역겨운 싸움이었다. 루브르 박물관에 비하면 인상주의 미술관은 지나치게 초라했지만, 나는 거기에서 내가 보고 싶어 했던 상당수의 그림을 볼

260

수 있었다. 죄드폼에 들어서자마자 드가가 나에게 달려들었다. 나에게 있어서의 드가는 발레리의 『드가·춤·데상』이라는 에세이에 나오는 드가이다. 브룬스비크에게 인식론이 무엇인가를 5분 안에 설명해달라는 질문을 던져 그를 당황하게 만들고, 말라르메에게는 좋은 생각이 떠올랐는데도 왜 시를 쓸 수 없느냐고 물었다가, 시란 생각으로 쓰는 것이 아니라 말로 쓰는 것이라는 그의 핀잔을 받은 드가가 바로 내 기억 속의 드가이다. 그 드가가 말[馬]과 춤의 형태를 하고 나에게 달려든 것이다. 그러나 그의 말은 아카데미즘에서 즐겨 그린 전쟁터의 말이 아니라 경마장의 말이었고, 그의 춤은 화사한 흰옷의 소녀들의 무대 위에서의 춤이었다. 그의 그림들과 같이 전시되어 있는 말과 무희들의 조각들은 그의 그림이 오랜 관찰과 자기반성의 결과라는 것을 입증해주었다. 그는 인상주의운동에 적극 참여한 미술가이지만, 그는 그 운동의 2대 원칙인, 노천에서 그림을 그리고 직접적인 인상을 표현한다는 주장을 그대로 받아들이지 않았다. 그는 그 운동의 내부에 있으면서도 거기에서 떨어져 있으려고 애를 쓴 화가이다. 그의 말과 춤에서도 나타나는 것이지만, 그는 공식적이고 상투적인 형태를 가장 싫어했다. 출발 시간을 기다리는 기수騎手들의 초조함, 춤의 한 장면, 그리고 어떻게 보면 점잖지 못하다고 할 정도로 하품하는 세탁녀, 머리를 닦는 욕녀浴女 등의 뜻하지 아니한 장면을 그는 즐겨 그렸다. 그는 있는 그대로의 그림, 아니 자연에 맞춰 그린 그림을 제일 싫어했다. 그만큼 그의 그림에는 인위적인 기교가 배어 있다. 그 인위적인 것이 그의 삶과 그의 작품을 고독하게 만들었다. 그 고독이 그리고 그를 말라르메와 발레리로 하여금 상찬賞讚하게 만든 것인 모양이었다. 다비드나 앵그르의 저 포만감에서 나오는 웃음을 그리는 대신에 그는 항상 예기치 않은 것을 찾는다. 그 예기치 않은 것은 그러나 언제나 절제節制를 얻고 있다. 그의 말 그림을 보다 더 잘 이해하기 위해서 나는 5월 초순 롱샹의 경마장을 구경 갔었다. 흐린 날씨였기 때문에 잔디 조건이 좋지 않았었으나 예상 외로 사람들이 많이 붐비고 있었다. 약 40분 간격을 두고 거행되는 경마에 사람들이 돈을 거는 동안 기수들은 초조해하는 말을

관람석 앞의 경주마들

달랜다. 지나치게 신경질적인 말에는 눈가리개를 가려가면서 그들의 신경을 달랜다.「관람석 앞의 경주마들」에서 볼 수 있는 풍경 그대로다. 그때 갑작스럽게 그가 왜 예기치 않은 것에 정확한 형태를 부여하려고 그토록 애를 썼는가 하는 데 대한 하나의 암시가 떠올랐다. 대은행가의 아들로 태어나서 생활에 대한 걱정을 전혀 하지 않은 한 부르주아가, 고통과 아픔 대신에 한순간의 의외성을 인위적으로 포착하려 하는 것은 당연한 것이 아닐까 하는 생각이 갑자기 든 것이었다. 그 나의 생각은 그의「카페에서」라는 그림을 생각하자 더욱더 확실하게 나에게 느껴졌다. 한 중년 하층下層의 부인이 아마도 그의 남편임에 분명한 텁석부리의 사내 곁에서 압생트를 시켜놓고 무료하게 앉아 있다. 아무것도 생각하지 않고 앉아 있는 것처럼 보일 정도로 그녀는 무료하게 앉아 있다. 그녀의 무료한 낯빛은 하품하는 세탁녀의 떡 벌어진 입을 생각하게 한다. 그러나 그녀의 하품은 하품이라기보다는 고통의 소리를 내지르고 있는 것 같은 브뤼헐의「하품하는 사람」의 그것과 얼마나 다른 것일까. 고통하지 않고 그린다?

그럴 리가 있는가. 그의 기교 속에 얼마나 많은 고통이 숨어 있는가. 그러나 그 기교 속의 고통이 나에게는 자꾸만 초조해하는 말을 달래는 저 기수의 기교로만 느껴지는 것이었다. 삶, 그것 때문에 고통하지 않는 삶에 의미를 부여하기 위해 그것을 냉정하고 객관적으로 관찰하려 하는, 그래서 거기에서 의외성을 발견하는 한 미술가의 처참한 노력, 그것은 바로 나 자신의 초상이었다.

앙리 루소

피사로의 눈발 날리는 듯한 푸른색, 붉은색의 화폭을 지나쳐서, 죄드폼의 2층으로 올라갔을 때, 나는 나의 왼편 저 안쪽에서 나의 시선을 강하게 끄는, 벽면 가득 자리 잡고 있는 두 폭의 그림을 발견했다. 발견했다기보다 그 두 폭의 그림이 나를 잡아끌었다. 그것은 고독한 세리라는 별명으로 더 널리 알려진 앙리 루소의 「뱀 부리는 여자」와 「전쟁(혹은 불화)의 기마 행렬」이었다. 「뱀 부리는 여자」는 시인 박희진이 「앙리 루소」라는 시에서 아름답게 묘사한 바로 그 그림이었다. 앙리 루소에 대해서 나는 몇 개의 추억을 가지고 있다. 그의 그림을 처음 보았을 때 나는 그의 식물들이 보여주는 열대적 관능에 완전히 놀랐고, 그가 마흔이 넘어서야 그림을 그리기 시작한, 데생 공부도 제대로 하지 않은 천부의 화가라는 말을 전해 들고 그의 열대 식물들이 완전히 그의 상상력에 의해 구축된 것인 줄로 생각했었다. 국민학교 학생의 그림처럼 숲이 울긋불긋하게 그려져 있는 그의 그림은 한국의 산만을 보아온 나에게는 하나의 환상처럼 비친 것이었다. 그러나 스트라스부르에 자리 잡은 지 얼마 후에 방문할 기회를 가졌던 슈바르츠발트(독일 서남부의 삼림 지대)를 보고서 나는 나의 그러한 생각이 완전히 나의 무지의 소산이라는 것을 깨닫지 않을 수가 없었다. 한국의 산과는 다르게 구릉이라고밖에는 표현할 수 없는 산에 초록색·분홍색·황색 등의 나무들이 마치 색연필통 속의 색연필처럼 자리 잡고 있는 것을 보았을 때, 예술가는 절대로 거짓말을 하지 않는다는 것을 실감할 수 있었다. 그의 관능적인 열대 식물들은 실제로 볼 수 있는 식물들이었던 것이다. 그는 스위스의 라발 태생이다. 그래서 그의 그림의 상당수가 유럽에서 가장 좋은 미술관의 하나라는 바젤 미술관에 소장되어 있다. 순전히 루소를 보기 위해서 들른 바젤 미술관에서 나는 그를 보지 못했다. 두 번이나 들렀음에도 불구하고 한 번은 시간이 늦어서, 한 번은 문 닫는 날에 감으로써 그를 보지 못한 것이었다. 루소와 자코메티의 작품 수장收藏으로 널리 알려진 바젤 미술관과 나는 인연이 없는 모양이었다. 그의 그림을 볼 수 있으리라는 희망을 거의 포기한 나에게 쥐 드 폼은 그의 두 폭의 대표작을 보여주었고, 그리고 그것들은 아름다웠다. 땜장이의 아들로 태어나 군대에서는 색소폰을 불었고, 파리에서는 세리 노릇을 한 이 복잡한 이력의 화가는 행복한 결혼 생활을 영위하지 못했다. 그의 화가로서의 이름이 알려진 것은 아폴리네르에 의해서인데, 그는 그를 죽기 4년 전에 겨우 만났었다. 39세에 세관을 떠나 42세부터 앵데팡당전에, 그리고 61세부터 살롱 도톤에 작품을 보낸 이 뒤늦은 화가는 그의 이름이 알려지기 시작한 뒤 얼마 안 되어 그가 사랑한 한 과부의 집 창문 밑에서 그녀를 기다리다가 병이 들어 죽었다. 그의 굴곡 심한 삶과 환상적인 단순성과 대담성이 교묘하게 섞여 있는 그림들은 오래전부터 나를 매혹했었다. 그의 그림은 단순하면서도 대담하게 사물을 과장한다. 그래서 그의 그림을 보는 자들을 환상의 세계로 이끌어가는 것이다. 그 환상 속

뱀 부리는 여자

에는 그러나 편안과 안락만이 있는 것이 아니라, 「전쟁」
에서 볼 수 있듯이 폭력과 죽음까지 숨어 있다. 그의 그
림에는 자유분방한 에로스가 숨어 있어서 이국정조異國
情操나 공포까지를 육감적으로 이해하게 만든다. 그의 세
계 속에서는 모든 것이 신선한 느낌을 그대로 간직하고
있는 것이다. 춘화를 그릴 때의 피카소의 저 관능적인 즐
거움이 그의 모든 그림을 지배하고 있다. 그의 대표작으
로 알려져 있는 로티와 아폴리네르의 초상, 하층민의 애
환을 그린 「결혼」 「쥐니에 영감의 짐수레」, 파리와 그 근
교의 풍경화들, 그리고 「전쟁」과 동류의 「꿈」 「뱀 부리는
여자」와 같은 유의 이국정조를 그린 「잠든 보헤미아 여
자」의 원화를 나는 끝내 보지 못했다. 그러나 그의 두 편
의 그림만으로도 나는 한 인간의 내부에서 불타고 있던
순진성이 만든 예술 공간을 맘껏 즐길 수가 있었다. 그의
예술 또한 상투적으로 세계를 보는 것이 얼마나 예술가
의 상상력을 위축시키는 것인가를 역으로 보여주는 것이
었다. 예술가는 사실을 그리는 것이 아니라 그가 본 진실
을 그린다. 그의 진실은 세계를 순진하게 보아야 한다는

것이다. 그의 그림처럼 생쥐같이 비참하게 늙어버린 한
이방인을 놀라게 한 것은 없었다. 나는 지나치게 오랫동
안 그의 「뱀 부리는 여자」의 피리 소리를 들었다. 그것은
계속해서 나에게 순진하게 세계를 보라고 유혹하고 있었
다. 세계가 그녀의 피리 소리 속에 있었던 것이다.

자코메티

대학 2년 때 시인 최하림 형이 빌려준 『미술 수첩』의 자코메티를 보았을 때의 충격을 잊을 수가 없다. 몇백 년 이상 되는 건물 벽면에 붙어 있는 고전적인 조각과는 너무나도 다른, 메마른 얼굴과 커다란 몸통, 혹은 성냥개비처럼 메마른 인간의 팔과 다리는 인간의 육체에 대한 신비감을 완전히 없애버리는 것이었다. 관능적이고 육감적인 모든 것이 사상捨象된, 균형 잡히지 아니한 육체, 그것은 인간에게만 한한 것이 아니라 동물들에게서도 볼 수 있는 것이었다. 그의 「개」를 그 뒤에 만든 『산문시대』 동인지의 속표지 그림으로 쓸 때, 우리들은 그 개를 매독에 걸린 개라고 불렀다. 육체라고 부를 만한 것을 상실해버리고 뼈와 근육만으로 걸어가는 개는 썩어 들어가는 육체의 한 상징처럼 그때의 우리에게 비친 것이었다. 그 뒤에 나는 사르트르의 「자코메티론」을 읽었다. 인간의 실체를 붙잡기 위해서 매일 아틀리에에서 여기를 떼어내고 저기를 떼어내는 깡마른 한 조각가의 지적 모험이 거기에 날카롭게 묘사되어 있었다. 사르트르는 그 자코메티의 노력을 절대에의 추구라고 불렀다. 본질적이 아닌 모든 것, 인간 이외의 모든 것을 인간에게서 지우려는 노력을 그는 보여준다는 것이었다. 자코메티의 그 앙상한 조각들은 청년기의 나에게 육체의 유한성을 극복하고 인간의 초월성을 두드러지게 드러내려는 한 조각가의 집념의 소산으로 이해되었다. 그의 조각들을 나는 루소의 그림들과 마찬가지로 바젤 미술관에서 보지 못하고, 파리의 국립 현대미술관에서 보았다. 서너 점의 그림과 함께 세 점의 조각이 거기에 전시되어 있었다. 그것은 「나체 입상裸體立像」과 「흉상胸像」「디에고」였다. 2미터 정도쯤 되어 보이는 「나체 입상」은 빈약한 가슴과 가느다란 팔다리를 가진, 서 있는 여자의 조각이었다. 나는 조각을 감상할 수 있는 전문적인 비평가가 아니다. 그래서 그 조각이 어떻게 만들어졌는지를 알 수가 없다. 내 눈에는 그것은 콜

타르를 짓이겨 만든 것처럼 검고 반들반들해 보였다. 그
「나체 입상」의 곁에 있는 「흉상」과 「디에고」는 사진에서
보던 것과는 다르게 30센티미터도 돼 보이지 않는 자그
마한 조각들이었다. 얼마나 큰 재료를 깎아내서 저토록
작은 조각을 만들었을까. 멀리 서서 보면 그토록 작아 보
이는 조각이 가까이서 보면 그렇게 크게 느껴지는 것도
이상한 느낌을 나에게 전해주었다. 한 인간에게서 그가
파악한 그 인간의 본체를 드러내기 위해서 그 인간에 본
질적으로 속해 있지 아니한 모든 것을 계속해서 지우고
깎아낸다. 그래서 자코메티의 자그마한 조각들이 생겨난
다. 사르트르의 자코메티론을 읽으면, 그는 깎아내고 지
울 수 있는 데까지 깎아내고 지우다가 결국은 그것을 파
괴해버리는 경지에까지 흔히 들어갔다고 한다. 진실은 벗
기면 벗길수록 줄어들기만 하는 양파와 같은 것이어서
아무리 그것을 찾으려 해도 찾아지지 않는 것일까. 타인
이 보고 있으면서도 사실은 보지 못한 것을 직관에 의해
본 예술가가 그것에 형태를 부여하려 할 때 느끼게 되는
절망과 고통을 자코메티의 조각은 선명하게 보여주는 것

이다. 그의 조각은 로브그리예나 나탈리 사로트의 저 집요한 사물·대상과 인간 내부의 탐구를 상기시켜준다. 형태가 없는 것에 형태를 부여하려 하면 할수록 형태와 내용 사이의 간격은 커져간다. 자코메티가 부딪힌 것은 그 형태 미학의 중심 문제이다. 자코메티의 조각을 바라보고 있으면 표현하기 위해 그가 얼마나 고생하였는가 하는 것을 즉물적으로 이해할 수가 있게 된다. 현대미술관의 자그마한 방에 안치되어 있는 그의 조각들은 그런 의미에서 고흐 미술관 속의 고흐처럼 그곳에 있는 것에 너무나 불편을 느끼고 있는 것처럼 나에게는 이해되었다. 그의 오랜 깎아내기와 지우기가 그것 자체로서가 아니라 30센티미터, 혹은 2미터의 물체가 되어서 몇 평 되지 않는 방에 갇혀 있는 것이다. 마치 이제는 더 깎아내고 지울 필요가 없다는 듯이. 그의 조각을 보고서야 나는 현대미술관 속에 갇혀 있는 루오, 다다이스트, 달리의 그림들이 왜 그렇게 침울해 있었는가 하는 이유를 짐작할 수 있었다. 상투적인 세계 인식과 인간 이해에 저항한 예술가들의 작품이 그들의 의사와 관계없이 기구화되고 제도화되어버렸다는 사실처럼 그 사회에 저항한 예술가들에게 행하는 잔인한 복수가 없는 것처럼 나에게는 인식된 것이다. 저항하는 예술가에게 복수하는 길은 그들을 인정하고 그들의 능력을 기구화시켜버리는 길이다. 나는 그때 투철하게 미셸 푸코가 프랑스의 부르주아지들처럼 영리한 계층은 없다고 말한 발언의 배후를 읽어낼 수가 있었다. 자코메티를 정말 잘 이해하기 위해서는 그의 조각이 전시되어 있는 미술관에를 가지 않아야 되는 것이 아닌가. 현대미술관을 나오면서 나는 속으로 그렇게 자문하였다.

로댕

파리의 모든 미술관은 화요일에 문을 닫는다. 대부분의 유럽 미술관들이 월요일에 문을 닫는 것과는 썩 대조적이다. 유럽 미술관에서 내가 놀란 것은, 대부분의 미술관이 사람들이 제일 많이 구경 오는 토요일과 일요일에는 무료이거나 반 정도로 입장료를 할인해준다는 사실이었다. 미술관은 국민의 세금으로 운영된다. 그러니까 국민이 쉬는 토요일과 일요일에는 무료나 혹은 반값으로 그들에게 봉사해야 한다. 매우 논리적인 발상이지만 나 같은 이방인에게는 잘 이해가 안 되는 처사였다. 돈을 제일 잘 벌 수 있는 토요일과 일요일에 돈을 오히려 적게 받다니! 앵발리드 옆의 로댕 미술관도 화요일에 문을 닫았다. 그래서 나는 로댕을 5월 7일에야 만날 수 있었다. 로댕 미술관은 영국풍의 정원과 그곳에 배치되어 있는 그의 대표작들, 특히 「생각하는 사람」 「칼레의 부르주아지들」 그리고 「지옥의 문」 등으로 우선 나를 사로잡았다. 부슬비를 맞으면서 한 시대의 도식적 세계 인식에 저항하여 일생 내내 싸움의 소용돌이 속에서 산 한 위대한 조각가를 생각하며 그의 조각들을 보는 것은 이상한 환희를 안겨주었다. 「지옥의 문」에 놀란 나는 전시관 내에서 그의 〈손〉 연작과 〈발자크〉 연작을 볼 수 있었다. 그는 손의 마술사이다. 그의 손은 때때로는 울고 때때로는 미소하며 때때로는 창조하고 때때로는 파괴한다. 「신神의 손」 「악마의 손」 「성당」 등의 손들은 인간만이 활용하고 있는 것은 아니겠지만 인간만이 거기에 의미를 부여할 줄 아는 손의 여러 모습을 유감없이 보여주는 것이었다. 1층에서 그의 손에 놀란 나는 2층에서 그의 〈발자크〉 연작을 보았다. 벌거벗고 있는 발자크, 옷을 입고 있는 발자크, 얼굴만이 조각되어 있는 발자크 등 10여 점에 달하는 그의 〈발자크〉 연작들은 인간의 삶에 대한 그의 정열적 탐구를 웅변으로 보여주는 것이었다. 그의 '발자크상'을 문인 협회에서 받아들인 것은 그가 그것을 제작한 훨씬 뒤

278

의 일이다. 문인들에게까지도 그의 작품은 기괴한 것으로 한때 보였던 것이다. 그는 언제나 말했다. "조각은 독창성을 필요로 하는 것이 아니라 삶을 필요로 한다." 아카데미즘의 도식주의에 저항하여 일생 동안 싸워온 그는 무엇보다도 삶의 역동적 움직임을 중요시했다. 그에게 있어서 삶보다 가치 있는 것은 아무것도 없었던 것이다. 그의 조각은 두 개의 유형으로 대개 가를 수 있다. 하나는 미완성 조각들이다. 창작을 해본 경험이 있는 사람들은 알겠지만, 제작의 어느 순간에 이 이상 손을 댈 수 없다는 절망감에 예술가가 사로잡히는 경우가 수다하다. 대부분의 경우는 그 경우에까지도 제작을 밀고 나가 작품을 망쳐버린다. 로댕은 그러나 그 순간에 제작을 끝내버린다. 거기서 제작을 끝냄으로써 그는 그의 작품을 보는 사람들에게 제작의 어려움까지를 확인시키는 것이다. 또 다른 그의 조각 유형은 돌의 안에서 밖으로 나가는 육체를 보여주는 조각들이다. 아무런 손질도 가하지 않은 것 같은 돌의 여기저기에서 형태를 부여받고 싶어 하는 육체가 삐져나온다. 혹은 궁둥이가, 혹은 팔다리가 돌의 밖으로 솟아 나와 있다. 그가 손댄 부분과 손을 대지 않은 것 같은 부분을 동시에 바라보고 있노라면 인간의 손길과 자연이 얼마나 화해롭게 결합될 수 있는가 하는 것을 실감할 수 있게 되는 것이다. 그는 현대 조각의 문을 연 조각가이다. 그는 아카데미즘의 상투적 세계 인식에 반발하여 삶 그 자체로 조각을 이끌고 갔다. 그리고 그의 삶은 이제 새로이 힘을 얻어가고 있는 부르주아지의 자신에 찬 정력적인 삶이었다. 그의 조각에는 19세기 부르주아지의 새로운 세계 파악이 선명하게 부각되어 있다. 자신의 삶에 의미를 주기 위해서 부단히 노력하는 인간들에 대해 그는 깊은 신뢰감을 표시했다. 그 신뢰감이 그의 창조의 원천이다. 그것이 없었다면 어떻게 그렇게 오래 싸울 수 있었을 것인가. 로댕 미술관을 나오면서 나는 입구 왼편에 서 있는 그의 「생각하는 사람」 앞에 다시 한참 동안 서 있었다. 너는 무엇을 생각하고 있는가? 생각한다는 것은 로댕이 생각하듯 그만한 가치가 있는 짓인가? 나는 도망치듯 로댕 미술관을 빠져나왔다.

난파인의 글쓰기

> 에세이는 자신의 영역이 지정되는 것을 허용하지 않는다.
> ──아도르노, 「형식으로서의 에세이」

이광호
(문학평론가)

이 책은 새로운 세대의 독자들을 위해 김현의 산문 가운데 가려 뽑아 엮은 것이다. 비평가로서의 김현의 성취는 그가 '수정의 메아리'라고 부른 텍스트의 떨림을 읽어내는 실제 비평과 '전체'를 사유하는 문학사적 통찰에 있겠지만, 김현의 '글쓰기'는 문학 비평이라는 제도 속에 갇혀 있지 않다. 김현의 글쓰기를 문제 삼을 때 주목할 수 있는 것은 그가 에세이, 기행문, 예술 비평, 대중문화 비평 등의 다양한 영역에서 글을 남겼고, 그 글들은 글쓰기의 경계 없음을 보여주고 있다는 사실이다. 그는 비평의 규범과 형식 너머에서 글쓰기의 잠재성을 밀고 나간 선진적인 비평가였다. 김현의 산문은 아도르노가 말한 사물과 분리된 언어의 빈곤을 극복하는 글쓰기, 개념이 배제한 것들을 주변에 모아 사물에 대한 보다 풍부하고 생생한 서술이 될 수 있도록 한다는 에세이의 형식에 부합한다.

김현은 단장 형식의 독창적인 기행문인 「아르파공의 절망과 탄식」에서 자신의 글쓰기를 몰리에르의 희곡에 나오는 수전노 아르파공에 비유하고, 하찮은 것도 버리지 못하는 "아르파공 콤플렉스에 심하게 걸린 한 비평가의 싸구려 재산 목록"이라고 규정한다. 이 하찮은 것들의 목록에 대한 글쓰기는 사물의 시간을 생생하게 살아 있는 것으로 해석하는 에세이적 글쓰기에 해당한다. 단장의 글쓰기는 중심을 비움으로써 중심의 무게를 가진 체계와 질서로부터 탈출한다.[1] 단장의 형식은 예측 불가능

1 "단장들을 통한 글쓰기: 단장들은 이 경우 원의 가장자리 위에 위치한 작은 돌들이다. 나의 소우주를 잘게 부수며 나는 둥글게 자신을 펼

하고 우연한 글쓰기를 통해 논리적 서사적 완결성을 지향하는 담론들의 권위를 비워낸다.

그의 산문은 그가 감각한 세계에 대한 내적 기록이면서, 기록 너머의 서늘한 자기 탐구의 소산이다. 그가 읽는 것은 대상 그 자체가 아니며, 그 대상을 향하는 자신의 욕망과 시선에 대한 가차 없는 질문으로 나아간다. 그 질문 속에서 삶에 대한 태도의 문제를 가장 깊고 아픈 곳에서 제기한다. 하지만 김현이 완전히 자기를 객관화할 수 있다고 말하는 것은 아니다. 그는 다시 자기 욕망을 들여다보는 주체의 위치에 대해 또 한 번 사유한다. 이 두 겹의 자기 성찰이 글쓰기의 두께를 만들어낸다.[2]

처놓는다. 그 중심에는 무엇이 있지?", 롤랑 바르트, 『롤랑 바르트가 쓴 롤랑 바르트』, 이상빈 옮김, 동녘, 2013, p. 142.

2 「아르파공의 절망과 탄식」에 나오는 도서관에서 만난 다음과 같은 문장은 이런 사유를 압축적으로 보여준다. "욕망이여, 네가 바라는 것을 말해다오. 그러면 나는 너에게 네가 무엇인가 하는 것을 말해주겠다. 자기 자신의 발전의 단계가 환하게 보일 때까지, 자기를 객관화할 것. 그 경우 자신은 어디에 있는 것일까? [······] 타인들이 보는 자기란 객관화된 자기일 것이다. 그러나 그것은 자아가 아니고, 오히려 타아가 아닐까."

김현 산문의 두께를 드러내주는 글 가운데 하나인 「촉각이 도해圖解한 정경」은 자신의 연구실에 걸려 있는 파스칼의 데스마스크에 대한 이야기이다. 부주의함 때문에 열쇠를 갖고 오지 않아 자기 방으로 들어가지 못할 때, 그는 바깥 창문을 통해 자신의 연구실을 들여다본다.

나는 바깥 창 쪽으로 가서 창문을 열고 나의 방을 마치 새로운 무엇이라도 쳐다보듯 들여다본다. 아무 일도 일어나지 않았다. 아니 일어날 리가 없다. 여전히 먼지 낀 불어책 몇 권과 메모지 몇 장이 굴러다닐 뿐이다. 나는 철창을 쥐고 방을 들여다본다. 그때는 어느 소설가의 말 그대로, 내가 세상이라는 방에 갇혀 있고 나의 방으로 들어가는 것이 사실은 방으로 나간다는 느낌이 든다. 저 몇 평 되지 않는 공간 속에 나는 나의 모든 기대와 희망을 충전시킨다. 저 방 속에 들어갈 수만 있다면…… 그 방의 텅 빈 공간은 나를 너무나 자극시킨다. 그것은 영원히 달성하지 못할 어떤 것을 상상시킨다. 나는 그냥 집으로 되돌아가버릴까 생각한다. 나는 집으로 간다. 그것은 패전하여 돌아오는 자의 보상할 길 없는 피로와 비슷하다. 나는 나의 방 속에 갇혀 있는 그 공허와 그 공허가 야기시켜주는 가능성을 부러워한다. 나는 열쇠를 쥐고 곧장 다시 뛰어나와 연구실로 돌아온다. 그리고 그토록 세계, 그리고 그토록 강하게 나를 자극한 내 방의 공허와 침묵을 나는 정복한다.

문을 열었을 때, 나의 눈에 제일 먼저 띄는 것은 파스칼의 데스마스크이다. 그것은 그 진한 검은색을 통해 나를 비웃는다. 나는 내 방의 공허를 정복했지만 여전히 공허는 남아 있다.

문장들은 소설의 한 장면처럼 세밀하고 사실적이지만, 그는 일상적 사실을 기록하는 것이 아니라 그 사실성을 넘어 자신의 내적 의식을 추적한다. 김현의 산문 문체는 그 유연함으로 문학 장르의 체계를 가볍게 넘어선다. 자기 방 앞에서 문을 열지 못할 때의 불안은 단지 자신의 실수에 대한 한탄이 아니라, 닫힘과 열림 사이의 해

결할 수 없는 불안, 완전히 정복할 수 없는 공허의 문제에 연결되어 있다. 열쇠가 없어서 그 방에 들어가지 못할 때 그 방은 "수많은 가능성이 숨겨져 있는 것"처럼 보이지만, 다시 그 방에 들어갈 때 "그것은 결국 다시 눈에 익은 공허일 따름이다". 이 사소한 일상적인 좌절과 '난파'로부터 김현의 사유는 더 깊은 곳으로 내려가기 시작한다. 그 사유는 "나의 방은 나의 일생이다". "그곳은 무이며, 생성의 가능성을 보여준다는 측면에서 질료이다. 그곳은 나의 방이다. 그것은 '나'이다"는 통찰에 이른다. 이 서늘한 자기 탐구의 연장에서 '난파인'이라는 비유를 통해 삶의 한 태도를 문제 삼는다. '방'으로 들어가 발견하는 것이 "허무이며, 무이며 결국은 자기 자신"이라는 것을 알지만 "그는 허무의 방 속에서 계속 난파"한다. "난파인"이란 자기가 "갇힌 것을 아는 사람"이다.

　　결국 중요한 것은 자신이 안에 있느냐 밖에 있느냐 하는 위상의 문제가 아니라 자신이 갇혀 있다고 느끼느냐 아니면 해방되어 있다고 느끼느냐에 있다. 그것은 위상의 문제가 아니라 의식의 문제이다. 그것은 의식의 섬세한 조작을 필요로 한다.

난파인은 우선 갇혔다고 느끼는 자이다. 그는 자신이 안에 있느냐, 밖에 있느냐로 고민하지 않는다. 그는 높은 자리에 있느냐, 낮은 자리에 있느냐로 고민하지 않는다. 그는 갖고 있느냐, 갖고 있지 않느냐로 고민하지 않는다. 그는 다만 자신이 갇혀 있다고 느낄 따름이다. 어디에 갇혀 있는가? 기존 질서와 현실과 타인에게. 그것을 아는 순간에 그는 벗어나려고 애를 쓴다. 그가 공허에 대한 오랜, 그리고 질긴 투쟁을 시작하는 것은 바로 이때부터이다. 그는 그 순간부터 수만을 되세고 있는 저 물가의 돼지에서 벗어나려 한다. 그는 난파하기 시작한다. 그는 난파를 계속 되풀이한다. 그는 난파함으로써 인간이 되기를 선택한다.

김현의 글쓰기는 '난파인'의 글쓰기이다. 그는 갇혀 있음을 알고, 그가 그토록 열고 들어가려는 세계가 공허와 부재와 무의 세계임을 알고 있다. 하지만 난파인은 그 행위를 멈추지 않는 자이며, 그 공허한 행위의 또 다른 의미를 탐색하는 자이다. 그 끝없는 행위를 통해 그는 자신의 간힘과 싸우고 자신의 공허와 간신히 싸울 수 있다. 김현의 글쓰기는 주장과 신념의 영역에 있는 것이 아니라, '난파'를 멈추지 않는 인간의 글쓰기이다.

열쇠를 잃어버린 문 앞에서의 불안과 유사한 정조는 그의 산문들 곳곳에 묻어 있다. 이를테면 "세계가, 내가 없어도 내가 있을 때와 똑같이 활기를 띠고 진행되리라는 것을 느낄 때의 허무감"이나 "주인이 방을 비운 사이에 혼자 울리는 자명종처럼……"(「아르파공의 절망과 탄식」)의 상상 같은 것들. 그는 부재로서의 자기 자신이라는 감각으로부터 의식의 밑바닥에 대한 탐구를 밀고 나간다. "내 존재의 밑바닥을 이루고 있는 것은 잊음이다"[3]와 같은 문장들은 그 지점에서 터져 나온다. 문제는 그의

---

3 "내 존재의 밑바닥을 이루고 있는 것은 잊음oubli이다. 나는 잊기 때문에 사는 것이 아니라, 내 삶이 잊음이다. 내 활력은 잊음에서 나온다. 모든 존재가 들어가 웅크리고 있는 알집과 같은, 거푸집과 같은 구멍으로서의 잊음.", 『행복한 책읽기/문학 단평 모음(김현 문학전집 15)』, 문학과지성사, 1993, p. 115.

글쓰기가 '구멍으로서의 잊음'이라는 조건에 굴복하지 않고 그 구멍을 '알집'과 '거푸집'으로 만든다는 것. 그는 저 검은 '구멍'으로부터 쓰고 또 쓴다.

　김현의 예술 비평과 예술 기행은 만화에서 그림, 음악에 이르기까지 그 영역을 한정할 수 없다. 김현은 예술 비평에서 자신의 개인적 경험과 감각의 세계를 드러내는 것을 피하지 않는다. 그는 평가하는 자이기 이전에, 경험하고 감각하고 그것을 정밀한 언어로 기록하는 자이다. 음악에 관한 에세이인 「사라짐과 맺힘」에서 그는 어린 시절의 소리로부터 시작하여 자신의 음악에 대한 감각적 경험들을 드러낸다. 그것은 '소리'에 연관된 한 실존의 역사이기도 하다. "자연의 소리"와 "제니스 라디오" 소리로부터 그가 음악의 세계로 진입했을 때, 그는 서양의 고전 음악으로부터 동양의 음악과 한국의 전통 음악에 이르는 소리의 감각들을 탐험한다. 이를테면 "인도의 피리 소리는 되풀이되면서 끊어지고, 끊어지면서 되풀이된다. 그것은 내지르며 사라지고, 사라지면서 내지른다"라고 할 수 있으며, 한국의 대금이나 소리는 '사라지더라도,

나른하게 마음을 매듭짓고 사라진다'. 김죽파 등의 가야
금 산조의 권태로움에 대해서는 "기다리는 마음이 바쁘
고 초조할수록 가야금의 소리는 낮아지고 느려진다. 산
조답게 마지막에 빨라진다 해도 그 빠름은 예사 빠름이
아니다. 그것은 느린 빠름이다. 그녀는 태연을 가장하고
있는 것이다. 그리고…… 나는 김죽파의 부음을 들었다"
라고 쓴다.

　소리의 경험에 대해 쓰고 있는 표현들, 이를테면 "내
지르며 사라지고" "매듭짓고 사라진다" "느린 빠름" 같
은 것들은, 음악적 감각을 언어적으로 드러내려는 '불가
능'한 노력의 산물이다. 이때 불가능은 두 가지 층위가
있다. 하나는 음악은 메울 수 없는 것을 메우려는 시도
라는 것, "내 죽음으로도 메우지 못할 들판을 그곳 사람
들은 소리로 메운다. 아무리 메워도 메워지지 않는 소리
로". 그러니까 음악은 완전히 메울 수 없는 세계에 대한
불가능한 행위이다. 그 소리를 언어로 표현하려는 글쓰
기의 욕망은 표현할 수 없는 것을 표현하려는 언어적 욕
망이다. 불가능한 예술에 대한 불가능한 글쓰기가 그의

예술 비평이다. 음악 역시 난파의 형식이며, 음악에 대한 글쓰기도 난파의 글쓰기이다.

이 책은 문학 비평을 제외한 김현의 산문들을 제재별로 뽑아 구성했다. 1부가 생활의 공간과 문화에 관한 글쓰기에 해당하며, 2부는 독서와 삶의 경험과 관련되어 있고, 3부는 기행문 혹은 여행 중의 단상에 해당하며, 4부는 만화, 음악, 영화 등 인접 예술에 대한 글이고, 5부는 미술관에서 만난 예술에 대한 짧은 글들이다. 바라건대 김현의 글쓰기를 통해 서늘하고 행복한 읽기를 경험할 수 있기를. 가령 사라짐을 견디는 '맷힘'이 있으며, 공허를 사유하는 공허가 있으며, 공허를 끝내 감당하는 어떤 사랑이 있다는 것에 대해. 한국 문학은 김현 이전으로 돌아갈 수 없을 것이다. 김현을 지금 다시 읽는 일은 한국 문학의 현재를 두텁게 한다. 글쓰기의 난파, 난파로서의 글쓰기는 멈추지 않는다.